Agatha Christie

Das Mächen im Zug und andere seltsame Fälle

Crime Stories

Aus dem Englischen von
Hella von Brackel und Günter Eichel

Fischer Taschenbuch Verlag

2. Auflage: Januar 2007

Veröffentlicht im Fischer Taschenbuch Verlag,
einem Unternehmen der S. Fischer Verlag GmbH,
Frankfurt am Main, Juli 2006

Frühere Auflagen der selben Sammlung von Kriminalgeschichten
erschienen im Scherz Verlag, Bern unter dem Titel «Mördergarn»

Satz: H & G Herstellung, Hamburg
Druck und Bindung: Ebner & Spiegel, Ulm
Printed in Germany
ISBN 978-3-596-17256-6

Inhalt

Gurke

Mr Eastwood blickte zur Decke. Dann blickte er auf den Fußboden. Vom Fußboden wanderte sein Blick langsam zur rechten Wand hinüber. Ernst und entschlossen richtete er den Blick plötzlich auf die vor ihm stehende Schreibmaschine.

Das jungfräuliche Weiß des Bogens war lediglich durch eine Überschrift verunstaltet, die in großen Buchstaben niedergeschrieben worden war.

DAS GEHEIMNIS DER ZWEITEN GURKE lautete sie. Ein angenehmer Titel. Anthony Eastwood hatte das Gefühl, dass jeder, der diesen Titel läse, sofort von ihm angezogen und gefesselt sein würde. «Das Geheimnis der zweiten Gurke», würden die Leute sagen. «Was kann das nur bedeuten? Eine richtige Gurke? Die zweite Gurke? Ich muss diese Geschichte unbedingt lesen.» Und sie würden von der vollendeten Leichtigkeit, mit der dieser Meister der Detektivgeschichte eine erregende Handlung um diese schlichte Gartenfrucht gewoben hatte, hingerissen und verzaubert werden.

Das alles war schön und gut. Wie jedermann wusste auch er genau, wie die Geschichte sein sollte – die Schwierigkeit war nur, dass er irgendwie mit ihr nicht zurechtkam. Die beiden wesentlichen Bestandteile einer Geschichte waren Titel und Handlung; der Rest war reines Handwerk. Manchmal führte der Titel von ganz allein zu einer Handlung, und dann ging alles Weitere automatisch. In diesem Fall schmückte der Titel jedoch nur den Anfang des Bogens, und nicht eine Spur von Handlung kam dabei zum Vorschein.

Wieder suchte Mr Eastwoods Blick Inspiration bei der

Decke, beim Fußboden und bei der Tapete, und immer noch nahm nichts feste Gestalt an.

«Die Heldin werde ich Sonja nennen», sagte Anthony, um endlich einen Schritt weiterzukommen. «Sonja oder möglicherweise auch Dolores – ihre Haut wird die Färbung des Elfenbeins haben, aber nicht in der Art, wie sie durch Krankheit entsteht, und ihre Augen werden grundlosen Teichen ähneln. Der Held wird George heißen, oder vielleicht auch John – zumindest soll es ein kurzer und typisch englischer Name sein. Und der Gärtner – einen Gärtner werde ich wahrscheinlich auch brauchen, denn irgendwie muss diese verdammte Gurke schließlich geerntet werden; der Gärtner könnte Schotte sein, und im Hinblick auf die ersten Nachtfröste sollte er vielleicht in amüsanter Weise pessimistisch sein.»

Diese Methode funktionierte zwar manchmal, aber an diesem Vormittag schien dem nicht so zu sein. Obgleich Anthony nicht nur Sonja, sondern auch George und den Gärtner ganz deutlich vor sich sah, zeigten sie doch nicht die geringste Bereitwilligkeit, aktiv zu werden und irgendetwas zu unternehmen.

«Natürlich könnte ich auch eine Banane daraus machen», überlegte Anthony verzweifelt. «Oder einen Salatkopf, oder Rosenkohl – wie wäre es eigentlich mit Rosenkohl? Brüsseler Kohl heißt er auch, und das könnte ein Kodewort für Brüssel sein – gestohlene Namensaktien – ein zwielichtiger belgischer Baron.» Für einen kurzen Augenblick schien ein Lichtstrahl aufzuleuchten, aber dann erlosch er wieder. Der belgische Baron blieb im Dunkeln, und plötzlich erinnerte Anthony sich, dass erste Nachtfröste und Gurken unvereinbar waren; und damit fiel auch der Vorhang für die amüsanten Bemerkungen des schottischen Gärtners.

«Verdammt noch mal», sagte Mr Eastwood.

Er erhob sich und griff nach der *Daily Mail*. Immerhin bestand die Möglichkeit, dass irgendjemand auf eine Art und Weise zu Tode gekommen war, die einen transpirierenden Autor inspirieren könnte. Aber die Nachrichten dieses Vormittags waren größtenteils politisch und stammten aus dem Ausland. Angewidert schleuderte Mr Eastwood die Zeitung von sich.

Nachdem er einen Roman vom Tisch genommen hatte, schloss er die Augen und stieß mit dem Zeigefinger auf die aufgeschlagene Seite hinunter. Das auf diese Weise vom Schicksal ausgesuchte Wort lautete «Schaf». Unverzüglich entfaltete sich in Mr Eastwoods Gedanken mit verblüffender Brillanz eine ganze Geschichte. Bezauberndes Mädchen – Liebhaber im Krieg umgekommen, ihr Verstand umnachtet, hütet Schafe in den schottischen Bergen – mystische Begegnung mit totem Liebhaber, Endeffekt – wie auf einem akademischen Bild – mit Schafen und Mondschein, Mädchen liegt tot im Schnee, und *zwei Fußspuren …*

Es war eine wunderschöne Geschichte. Mit einem Seufzer und betrübtem Kopfschütteln tauchte Anthony aus seinen Phantasievorstellungen auf. Er wusste nur zu gut, dass der betreffende Redakteur eine Geschichte dieser Art nicht wollte – mochte sie auch noch so wunderschön sein. Jene Art von Geschichte, die dieser Mann haben wollte und auf der er hartnäckig bestand – zufälligerweise bezahlte er auch sehr anständig dafür –, musste von geheimnisvollen dunkelhaarigen Frauen handeln: Mit einem Stich ins Herz umgebracht, ein junger Held ungerechterweise verdächtigt, und dann plötzlich die Aufdeckung des Geheimnisses und dank völlig unangemessener Hinweise der Beweis, dass die am wenigsten verdächtigte Person der Täter war – tatsächlich also *Das Geheimnis der zweiten Gurke.*

Obgleich, überlegte Anthony, ich zehn zu eins wette, dass

er den Titel ändert und irgendeinen völlig verrückten, etwa *Mord ist meistens gemeint*, nehmen wird – und das, ohne mich zu fragen! Zum Teufel mit dem verdammten Telefon! Ärgerlich schlenderte er hinüber und nahm den Hörer ab. Zweimal war er innerhalb der letzten Stunde bereits gestört worden: Einmal war es eine falsche Nummer, und das andere Mal war er von einer leichtfertigen Dame der Gesellschaft, die er bitterlich hasste, die jedoch zu hartnäckig war, als dass er sie abweisen konnte, mit einer Einladung zum Mittagessen überfallen worden.

«Hallo!», knurrte er in den Hörer. Eine weibliche Stimme antwortete ihm, eine zärtliche Stimme mit leichtem ausländischem Akzent.

«Bist du es, Geliebter?», sagte die Stimme sanft.

«Ich – äh – ich weiß nicht», sagte Mr Eastwood vorsichtig. «Wer ist am Apparat?»

«Ich – Carmen. Hör zu, Geliebter. Ich werde verfolgt – bin in Gefahr – du musst sofort kommen. Es geht jetzt um Leben und Tod.»

«Verzeihung», sagte Mr Eastwood höflich. «Aber ich fürchte, Sie haben die falsche Nummer …» Bevor er den Satz beenden konnte, unterbrach sie ihn.

«*Madre de Dios!* Sie kommen. Wenn sie merken, was ich tue, bringen sie mich um. Lass mich nicht im Stich. Komm sofort! Wenn du nicht kommst, bedeutet das für mich den Tod. Du weißt: Kirk Street 320. Das Kennwort ist Gurke … Schnell …»

Er hörte ein leises Klicken, als sie am anderen Ende der Leitung den Hörer auflegte. «Verdammt noch mal», sagte Mr Eastwood äußerst erstaunt. Er nahm seine Tabaksdose und stopfte sich sorgfältig eine Pfeife.

Vermutlich, grübelte er, war es irgendeine merkwürdige Auswirkung meines unbewussten Ichs. Gurke – das kann sie einfach nicht gesagt haben. Die ganze Geschichte ist sehr ungewöhnlich. Hat sie nun Gurke gesagt, oder hat sie es nicht gesagt?

Unentschlossen wanderte er hin und her.

Kirk Street 320. Ich möchte nur wissen, was das alles zu bedeuten hat. Wahrscheinlich wartet sie jetzt darauf, dass der andere auftaucht. Wenn ich es ihr doch nur hätte erklären können. Kirk Street 320. Das Kennwort ist Gurke – o Gott, unmöglich, absurd – Halluzinationen eines strapazierten Gehirns!

Böse blickte er zu der Schreibmaschine hinüber.

Was hast du eigentlich für einen Sinn – das wüsste ich nun wirklich gern! Den ganzen Vormittag habe ich dich angestarrt, und was ist dabei herausgekommen? Ein Schriftsteller soll seine Handlungen aus dem Leben nehmen – aus dem Leben, verstehst du? Und das werde ich jetzt tun!

Er stülpte sich einen Hut auf den Kopf, blickte liebevoll auf seine unbezahlbare Sammlung alter Emaillen und verließ die Wohnung.

Wie die meisten Londoner wissen, ist die Kirk Street eine lange und ziemlich bunte Durchgangsstraße; in der Hauptsache voller antiquarischer Läden, wo alle Arten imitierter Waren zu Phantasiepreisen angeboten werden. Außerdem gibt es dort Altmessing-Läden, Glasläden sowie verkommene Gebrauchtwarengeschäfte und Läden mit getragener Bekleidung.

Nr. 320 war ein Geschäft, das sich ganz dem Verkauf alten Glases widmete. Gläserne Gegenstände aller Art füllten den Laden bis zum Überfluss. Anthony war gezwungen, sich vorsichtig zu bewegen, als er den Mittelgang entlangging, der von Weingläsern flankiert war, während Lüster und Kronleuchter leise klirrend über seinem Kopf pendelten. Eine sehr alte Dame saß im hinteren Teil des Ladens. Sie hatte einen knospenden Schnurrbart, um den so mancher Jüngling sie beneidet hätte, und ein grausames Benehmen.

Sie blickte Anthony an und sagte mit abweisender Stimme: «Na?»

Anthony war ein junger Mann, der sich leicht aus der Fassung bringen ließ. Unverzüglich erkundigte er sich nach dem Preis einiger Weißweingläser.

«Sechs Stück fünfundvierzig Shilling.»

«Ach – wirklich?», sagte Anthony. «Sehr nett, nicht? Und was kosten die hier?»

«Wunderschöne Stücke, altes Waterford. Die lasse ich Ihnen für achtzehn Guineen das Paar.»

Mr Eastwood merkte, dass er sich selbst in Schwierigkeiten brachte: Noch eine Minute, und wie hypnotisiert von den Augen der boshaften alten Frau, würde er irgendetwas kaufen. Und dennoch konnte er es nicht über sich bringen, den Laden wieder zu verlassen.

«Und der da?», fragte er und deutete auf einen Kronleuchter.

«Fünfunddreißig Guineen.»

«Aha!», sagte Mr Eastwood bedauernd. «Das ist leider mehr, als ich mir leisten kann.»

«Was suchen Sie denn?», fragte die alte Dame. «Irgendein Hochzeitsgeschenk?»

«Richtig», sagte Anthony und klammerte sich an diese Erklärung. «Aber es ist so schwer, das Passende zu finden.» «So ist das also», sagte die Dame und stand auf, als wäre sie zu einem Entschluss gekommen. «Hübsches altes Glas ist eigentlich nie verkehrt. Hier habe ich ein Paar alte Weinkaraffen – und hier ist ein hübsches kleines Likörservice, genau das Richtige für eine junge Frau …»

In den nächsten zehn Minuten litt Anthony Höllenqualen. Die Dame hatte ihn völlig in der Hand. Jedes nur denkbare Exemplar der Glasbläserkunst zog an seinen Augen vorüber. Er verzweifelte.

«Wunderschön, wunderschön», rief er fast mechanisch aus, während er einen großen goldenen Kelch abstellte, der seiner Aufmerksamkeit aufgezwungen worden war. Dann platzte er heraus: «Übrigens – haben Sie vielleicht Telefon?»

«Nein, wir nicht. Gegenüber im Postamt ist eine Telefonzelle. Na, wie finden Sie den Kelch – oder wie wäre es mit diesen schönen alten Römern?»

Da Anthony keine Frau war, war er auch völlig unbewandert in der gelassenen Kunst, ein Geschäft zu verlassen, ohne etwas gekauft zu haben.

«Ich nehme lieber das Likörservice», sagte er düster.

Mit Verbitterung im Herzen bezahlte er. Aber als die alte Dame das Päckchen einpackte, kehrte plötzlich sein Mut zurück. Schließlich würde sie ihn allerhöchstens für exzentrisch halten, und außerdem – was, zum Teufel, kümmerte es ihn, was sie dachte? «Gurke», sagte er deutlich und bestimmt.

Unvermittelt unterbrach die alte Frau das Verpacken des Likörservices. «Wie? Was haben Sie gesagt?»

«Nichts», log Anthony schnell.

«Ach so! Ich dachte schon, Sie hätten ‹Gurke› gesagt.»

«Das habe ich auch», erwiderte Anthony herausfordernd.

«Soso», meinte die alte Dame. «Warum haben Sie das denn nicht gleich gesagt? Einfach mir meine Zeit zu stehlen! Durch die Tür da drüben und die Treppe hoch. Sie wartet schon.»

Wie im Traum ging Anthony durch die Tür und stieg eine äußerst schmutzige Treppe hoch. Oben stand eine Tür ein Stück offen und gab den Blick in ein winziges Wohnzimmer frei.

Auf einem Stuhl saß, die Augen auf die Tür gerichtet und auf dem Gesicht einen Ausdruck gespannter Erwartung, ein Mädchen.

Und was für ein Mädchen! Sie hatte tatsächlich jene elfenbeinerne Haut, die Anthony so oft geschildert hatte. Und ihre Augen! So etwas von Augen! Engländerin war sie nicht; das sah er auf den ersten Blick. Vielmehr machte sie einen fremden exotischen Eindruck, der sich selbst in der kostbaren Schlichtheit ihres Kleides zeigte.

Anthony blieb im Türrahmen stehen; er war verlegen. Es schien an der Zeit zu sein, irgendwelche Erklärungen abzugeben. Aber mit einem Schrei des Entzückens sprang das Mädchen auf und warf sich in seine Arme.

«Du bist gekommen!», rief sie. «Du bist gekommen! Oh, gelobt seien die Heiligen und die heilige Madonna!»

Anthony, der nie eine günstige Gelegenheit ungenützt verstreichen ließ, reagierte genauso inbrünstig. Schließlich entwand sie sich ihm und blickte mit bezaubernder Schüchternheit zu seinem Gesicht hoch.

«Hätte ich dich doch nur nie kennen gelernt», erklärte sie. «Hätte ich es doch nur nie getan.»

«Bereust du es?», fragte Anthony matt.

«Nein, selbst deine Augen wirken anders – und du bist zehnmal hübscher, als ich es für möglich gehalten habe.»

«Wirklich?»

Sich selbst redete Anthony jedoch ein: Ruhig bleiben, mein Junge, ruhig bleiben. Die Situation entwickelt sich zwar sehr nett, aber verliere jetzt bloß nicht den Kopf.

«Ich darf dich noch einmal küssen, ja?»

«Selbstverständlich», sagte Anthony überzeugt. «So oft du willst.»

Es folgte ein sehr erfreuliches Zwischenspiel.

Wenn ich bloß wüsste, wer – zum Teufel – ich bin, überlegte Anthony. Ich flehe nur zum Himmel, dass der Wirkliche jetzt nicht auftaucht. Wie süß sie ist!

Plötzlich trat das Mädchen einen Schritt zurück, und auf seinem Gesicht zeigte sich vorübergehend Entsetzen.

«Hat man dich hierher verfolgt?»

«Um Himmels willen – nein!»

«Aber sie sind fürchterlich gerissen. Du kennst sie nicht so genau, wie ich sie kenne. Boris ist ein Schuft.»

«Die Sache mit Boris werde ich für dich regeln.»

«Du bist ein Löwe – jawohl, ein richtiger Löwe. Und die anderen, die sind nur *canaille* – alle! Übrigens: Ich habe es! Wenn sie es wüssten, würden sie mich sofort umbringen. Ich hatte solche Angst – ich wusste nicht, was ich tun sollte, und dann fielst du mir ein … Psst, was war das?»

Es war ein Geräusch unten im Laden. Mit einer Kopfbewegung andeutend, dass er bleiben sollte, wo er wäre, schlich sie auf Zehenspitzen zur Treppe. Mit blassem Gesicht und aufgerissenen Augen kehrte sie zurück.

«Madre de Dios! Die Polizei. Sie kommt herauf. Hast du ein Messer? Einen Revolver? Oder eine andere Waffe?»

«Mein liebes Kind, du erwartest doch nicht im Ernst von mir, dass ich einen Polizisten umbringe?»

«Ach, du bist wahnsinnig – wahnsinnig! Sie nehmen dich mit und hängen dich auf, bis du tot bist.»

«Was werden sie?», fragte Mr Eastwood, und ein sehr unangenehmes Gefühl kroch an seiner Wirbelsäule empor.

Auf der Treppe erklangen Schritte.

«Jetzt kommen sie», flüsterte das Mädchen. «Bestreite alles. Das ist die einzige Möglichkeit.»

«Das dürfte mir nicht schwer fallen», murmelte Mr Eastwood *sotto voce.*

Nach kaum einer Minute betraten zwei Männer das Zimmer. Sie trugen zwar unauffällige Anzüge, hatten jedoch ein offizielles Gehabe, das auf lange Ausbildung schließen ließ. Der kleinere der beiden, ein dunkler Mann mit ruhigen grauen Augen, war der Sprecher.

«Ich verhafte Sie, Conrad Fleckman», sagte er, «wegen Mordes an Anna Rosenburg. Alles, was Sie sagen, wird als Beweis gegen Sie verwendet. Hier ist der Haftbefehl. Es ist das Beste, Sie kommen ohne viel Federlesens mit.»

Ein halberstickter Aufschrei entrang sich den Lippen des Mädchens. Mit gefasstem Lächeln trat Anthony einen Schritt vor.

«Sie unterliegen einem Irrtum, mein Herr», sagte er scherzhaft. «Ich heiße Anthony Eastwood.»

Seine Feststellung schien auf die beiden Kriminalbeamten nicht die geringste Wirkung zu haben.

«Darüber können wir uns noch später unterhalten», sagte der Dunkle – derjenige, der vorhin schon geredet hatte. «Inzwischen kommen Sie mit.»

«Conrad», jammerte das Mädchen. «Conrad, lass dich nicht einfach so mitnehmen.»

Anthony blickte die Kriminalbeamten an.

«Sie werden sicherlich nichts dagegen haben, dass ich mich von dieser jungen Dame verabschiede?»

Mit mehr Gefühl und Anstand, als er es erwartet hatte, gingen die beiden Männer zur Tür. Anthony zog das Mädchen in die Ecke neben dem Fenster und redete schnell und kaum vernehmbar auf es ein.

«Hör zu. Was ich eben sagte, ist wahr. Ich bin nicht Conrad Fleckman. Als du heute Vormittag bei mir anriefst, muss man dir eine falsche Nummer gegeben haben. Ich heiße Anthony Eastwood. Ich bin auf deine Bitte hin gekommen, weil – eben, ich bin gekommen.»

Ungläubig starrte sie ihn an.

«Du bist nicht Conrad Fleckman?»

«Nein.»

«Oh!», rief sie in einem Ton tiefster Not. «Und ich habe dich geküsst!»

«Daran war nichts verkehrt», versicherte Mr Eastwood. «Die ersten Christen haben den Kuss als festes Brauchtum eingeführt. Was äußerst vernünftig war. Jetzt pass auf: Ich werde also mit diesen Leuten mitfahren. Binnen kurzem werde ich beweisen, wer ich wirklich bin. Bis dahin werden sie dich in Ruhe lassen, so dass du deinen kostbaren Conrad noch rechtzeitig warnen kannst. Später...»

«Ja?»

«Ach Gott – nur Folgendes: Meine Telefonnummer ist Northwestern 1743. Und gib Acht, dass man dich nicht wieder falsch verbindet.»

Sie warf ihm einen bezaubernden Blick zu, halb trauernd, halb lächelnd.

«Ich werde es nicht vergessen – ich werde es bestimmt nicht vergessen.»

«Also gut. Auf Wiedersehen. Und wenn...»

«Ja?»

«Um noch einmal auf die ersten Christen zurückzukommen: Einmal mehr würde doch nicht allzu viel ausmachen, nicht wahr?»

Sie schlang die Arme um seinen Nacken. Ihre Lippen berührten die seinen kaum.

«Ich mag dich gern – ja, ich mag dich. Du wirst immer daran denken, was auch passiert, nicht wahr?»

Widerstrebend löste Anthony sich von ihr und näherte sich seinen Häschern.

«Ich bin bereit, mit Ihnen zu kommen. Wie ich annehme, haben Sie nicht die Absicht, diese junge Dame ebenfalls festzunehmen, nicht wahr?»

«Nein, Sir – das geht uns nichts an», sagte der Kleine.

Anständige Burschen, diese Männer von Scotland Yard, überlegte Anthony, als er den beiden die schmale Treppe hinunter folgte.

Von der alten Frau im Laden war nichts zu sehen; Anthony hörte jedoch, wie es hinter einer Tür im rückwärtigen Teil des Ladens schnaufte, und vermutete, dass sie die Ereignisse mit Vorsicht beobachtete.

Wieder auf der schmutzigen Kirk Street, holte Anthony tief Luft und richtete sich an den kleineren der beiden Männer.

«Also, Inspector – Sie sind doch wohl Inspector?»

«Ja, Sir. Detective Inspector Verrall. Das hier ist Detective Sergeant Carter.»

«Also, Inspector Verrall, jetzt ist wohl der Zeitpunkt gekommen, dass wir vernünftig miteinander reden – und auch, dass Sie mich anhören. Ich bin nicht dieser Conrad – wie hieß er noch? Mein Name ist Anthony Eastwood, wie ich bereits sagte, und von Beruf bin ich Schriftsteller. Wenn Sie mich zu meiner Wohnung begleiten wollen, werde ich in der Lage sein, meine Identität Ihnen gegenüber nachzuweisen.»

Irgendetwas in der sachlichen Art, in der Anthony sprach, schien die Beamten zu beeindrucken. Zum ersten Mal huschte ein zweifelnder Ausdruck über Verralls Gesicht. Carter war offenbar nicht so leicht zu überzeugen.

«Das könnte Ihnen so passen», fauchte er. «Vielleicht erinnern Sie sich, dass die junge Dame Sie mit ‹Conrad› anredete.»

«Aber das hat doch damit nichts zu tun. Ich gebe ja zu, dass ich mich aus – äh – persönlichen Gründen der Dame gegenüber als Conrad ausgab. Eine rein private Angelegenheit, verstehen Sie?»

«Und das sollen wir glauben, was?», bemerkte Carter. «Nein, Sir, Sie kommen mit. Halt mal das Taxi an, Joe.»

Ein vorüberfahrendes Taxi wurde gestoppt, und die drei

Männer stiegen ein. Anthony machte einen letzten Versuch und wandte sich dabei direkt an Verrall als den leichter zu Überzeugenden.

«Hören Sie, mein lieber Inspector – wem schadet es eigentlich, wenn Sie mit in meine Wohnung kommen und sich überzeugen, dass ich die Wahrheit sage? Sie können das Taxi warten lassen, wenn Sie wollen – das ist doch ein großzügiges Angebot. Keine fünf Minuten wird es dauern.» Verrall blickte ihn forschend an.

«Also gut», sagte er plötzlich. «Es klingt zwar merkwürdig, aber ich glaube, dass Sie die Wahrheit sagen. Schließlich wollen wir uns auf der Wache nicht blamieren, weil wir den Falschen verhaftet haben. Wie ist die Adresse?»

«Brandenburg Mansions achtundvierzig.»

Verrall beugte sich vor und rief dem Taxifahrer die Adresse zu. Schweigend saßen die drei im Wagen, bis sie an ihrem Ziel angekommen waren, Carter aus dem Wagen sprang und Anthony von Verrall mit einer Handbewegung aufgefordert wurde, dem Sergeant zu folgen.

«Für Unannehmlichkeiten besteht kein Grund», erklärte Verrall, als er ebenfalls ausstieg. «Wir werden so tun, als käme Mr Eastwood mit zwei Freunden nach Hause.»

Anthony war für diesen Vorschlag ausgesprochen dankbar, und seine Achtung vor der Kriminalbehörde stieg von Minute zu Minute.

Im Hausflur hatten sie das Glück, Rogers, dem Portier, zu begegnen. Anthony blieb stehen.

«Ah – guten Abend, Rogers», bemerkte er beiläufig.

«Guten Abend, Mr Eastwood», erwiderte der Portier respektvoll.

Er war Anthony zugetan, der ein Beispiel für liberale Gesinnung gab, welches man von seinen Nachbarn nicht immer sagen konnte.

An der Treppe blieb Anthony stehen.

«Übrigens, Rogers», sagte er beiläufig, «wie lange wohne ich eigentlich jetzt schon hier? Ich habe mich mit meinen Freunden gerade darüber gestritten.»

«Warten Sie, Sir – es müssten jetzt wohl bald vier Jahre sein.»

«Dasselbe habe ich gesagt.»

Anthony warf den beiden Beamten einen triumphierenden Blick zu. Carter knurrte, aber Verrall lächelte strahlend.

«Gut, Sir, aber noch nicht genug», bemerkte er. «Gehen wir nach oben?»

Anthony öffnete die Tür seiner Wohnung mit dem Wohnungstürschlüssel. Dankbar war er, dass ihm noch rechtzeitig einfiel, dass Seamark, sein Diener, nicht zu Hause war. Je weniger Zeugen bei dieser Katastrophe, desto besser.

Die Schreibmaschine stand noch so, wie er sie verlassen hatte. Carter schlenderte zum Tisch und studierte den auf dem Papier stehenden Titel. «Das Geheimnis der zweiten Gurke», verkündete er mit verdrossener Stimme.

«Eine Geschichte von mir», erklärte Anthony gleichgültig.

«Auch nicht schlecht, Sir», sagte Verrall kopfnickend, und seine Augen blinzelten. «Übrigens – wovon handelt sie? Was war denn nun das Geheimnis der zweiten Gurke?»

«Jetzt haben Sie mich festgenagelt», sagte Anthony. «Anlass zu diesen ganzen Schwierigkeiten war nämlich diese zweite Gurke.»

Carter sah ihn gespannt an. Plötzlich schüttelte er den Kopf und klopfte sich bedeutungsvoll gegen die Stirn.

«Schön blöde, mein armer Freund», murmelte er deutlich vor sich hin.

«Und jetzt, Gentlemen», sagte Mr Eastwood lebhaft, «an die Arbeit. Hier sind an mich adressierte Briefe, mein

Scheckheft und die Mitteilungen meiner Verleger. Was wünschen Sie sonst noch?»

Verrall prüfte die Papiere, die Anthony ihm hingeschoben hatte. «Ich für meinen Teil, Sir», sagte er respektvoll, «brauche nichts mehr. Ich bin überzeugt. Ich kann jedoch nicht die Verantwortung auf mich nehmen, Sie freizulassen. Verstehen Sie – obgleich alles dafür spricht, dass Sie seit einigen Jahren hier als Mr Eastwood wohnen, ist es dennoch möglich, dass Conrad Fleckman und Anthony Eastwood ein und dieselbe Person sind. Ich muss daher die Wohnung durchsuchen, Ihnen die Fingerabdrücke abnehmen und mit der Zentrale telefonieren.»

«Anscheinend ein ziemlich umfassendes Programm», bemerkte Anthony. «Ich kann Ihnen versichern, dass Ihnen alle strafbaren Geheimnisse, die Ihnen in die Hände fallen, zur Verfügung stehen.»

Der Inspector grinste. Für einen Kriminalbeamten war er ungewöhnlich human.

«Wenn Sie vielleicht mit Carter in das kleine Zimmer am Ende des Korridors gehen wollen, Sir, solange ich zu tun habe.»

«Einverstanden», sagte Anthony widerwillig. «Umgekehrt wird es wohl nicht möglich sein, nicht wahr?»

«Was soll das heißen?»

«Dass Sie und ich und ein paar Whisky mit Soda im kleinen Zimmer verschwinden, während unser Freund, der Sergeant, die schwere Aufgabe des Durchsuchens übernimmt.»

«Wenn Ihnen das lieber ist, Sir?»

«Es ist mir lieber.»

Sie überließen es Carter, den Inhalt des Schreibtisches mit geschäftsmäßiger Gewandtheit zu überprüfen. Als sie den Raum verließen, hörten sie, wie er den Hörer abnahm und Scotland Yard anrief.

«Es könnte schlimmer sein», sagte Anthony, als er sich mit einem Whisky-Soda hinsetzte, nachdem er die Wünsche des Inspectors Verrall gastfreundschaftlich erfüllt hatte.

«Soll ich zuerst trinken, nur um Ihnen zu beweisen, dass der Whisky nicht vergiftet ist?»

Der Inspector lächelte. «Das alles verstößt gegen die Vorschriften», bemerkte er. «Aber wir kennen uns in unserem Beruf einigermaßen aus. Von Anfang an war mir klar, dass wir einen Fehler begangen hatten. Aber man muss natürlich die üblichen Vorschriften einhalten. Sie können auch nicht so einfach vom roten Teppich runter, nicht wahr, Sir?»

«Wahrscheinlich nicht», sagte Anthony bedauernd. «Außerdem sieht der Sergeant auch nicht allzu umgänglich aus, nicht?»

«Ach, im Grunde ist Detective Sergeant Carter ein feiner Kerl. So leicht kann dem keiner etwas vormachen.»

«Das habe ich bereits festgestellt», sagte Anthony. «Übrigens, Inspector», fügte er hinzu, «spricht irgendetwas dagegen, dass ich ein paar Einzelheiten über mich erfahre?»

«Welcher Art, Sir?»

«Mann Gottes, merken Sie denn nicht, dass ich vor Neugierde platze? Wer war Anna Rosenburg, und warum habe ich sie ermordet?»

«Das alles werden Sie morgen in der Zeitung lesen, Sir.»

«‹Was du heute kannst besorgen, das verschiebe nicht auf morgen›», zitierte Anthony. «Ich bin überzeugt, dass Sie meine völlig legale Neugierde befriedigen dürfen. Lassen Sie Ihre offizielle Zurückhaltung einmal beiseite und erzählen Sie!»

«Das ist gegen die Vorschriften, Sir.»

«Mein lieber Inspector, wo wir uns so schnell angefreundet haben.»

«Also gut, Sir. Anna Rosenburg war eine deutsche Jüdin,

die in Hampstead wohnte. Ohne sichtlich etwas dafür zu tun, wurde sie Jahr für Jahr ständig reicher.»

«Bei mir ist es genau umgekehrt», bemerkte Anthony dazu. «Ich tue sichtlich etwas und werde dafür von Jahr zu Jahr ärmer. Vielleicht ginge es mir besser, wenn ich in Hampstead wohnte. Ich höre immer wieder, dass Hampstead ausgesprochen anregend sein soll.»

«Es gab eine Zeit», fuhr Verrall fort, «wo sie mit gebrauchter Kleidung handelte ...»

«Das erklärt alles», unterbrach Anthony ihn. «Ich erinnere mich, dass ich nach dem Krieg meine Uniform verkaufte – nicht die aus Khaki, sondern die andere. Die ganze Bude hing voller roter Hosen und goldener Litzen, die äußerst vorteilhaft ausgebreitet waren. Es erschien ein dicker Mann in einem karierten Anzug mit seinem Rolls-Royce und einem Faktotum nebst Koffer. Ein Pfund zehn Shilling bot er für das ganze Zeug. Schließlich legte ich noch einen Jagdmantel und ein paar Zeissgläser dazu, um auf zwei Pfund zu kommen, und auf ein Zeichen klappte das Faktotum den Koffer auf, schaufelte alles hinein, und der Dicke reichte mir eine Zehnpfundnote und fragte, ob ich herausgeben könne.»

«Vor etwa zehn Jahren», fuhr der Inspector fort, «lebten in London verschiedene politische Flüchtlinge aus Spanien, unter ihnen ein gewisser Don Fernando Ferrarez mit seiner jungen Frau und einem Kind. Sie waren sehr arm, und die Frau war krank. Anna Rosenburg kam in das Haus, wo die Leute wohnten, und fragte, ob sie etwas zu verkaufen hätten. Don Fernando war nicht da, und seine Frau fasste den Entschluss, sich von einem kostbaren spanischen Schal zu trennen, der wunderbar bestickt war und zu den letzten Sachen gehört hatte, die Don Fernando ihr vor ihrer Flucht aus Spanien geschenkt hatte. Als Don Fernando heimkehrte, bekam er einen fürchterlichen Wutanfall, als er hörte, dass der Schal verkauft sei, und versuchte vergeblich, ihn zurückzukaufen. Als es ihm wenigstens gelang, die fragliche Frau, die alte Kleidungsstücke gekauft hatte, wiederzufinden, erklärte diese, sie hätte den Schal an eine Frau verkauft, deren Namen sie nicht kenne. Don Fernando war verzweifelt. Zwei Monate später wurde er mitten auf der Straße mit einem Dolch angegriffen und starb später an den Verletzungen. Von dieser Zeit an schien Anna Rosenburg merkwürdigerweise in Geld zu schwimmen. In den folgenden zehn Jahren wurde nicht weniger als achtmal in ihr Haus eingebrochen. Vier der Versuche wurden vereitelt und nichts kam abhanden; bei den übrigen viermal befand sich unter der Beute auch ein bestickter Schal.»

Der Inspector verstummte, und erst einer drängenden Geste Anthonys folgend, fuhr er fort: «Vor einer Woche traf Carmen Ferrarez, die junge Tochter Don Fernandos, aus einem französischen Kloster kommend, hier ein. Ihre erste Handlung bestand darin, Anna Rosenburg in Hampstead aufzusuchen. Angeblich hat sie der alten Frau eine heftige Szene gemacht, und als sie das Haus verließ, wurden ihre Abschiedsworte von einem der Diener mitgehört.

‹Sie haben ihn noch!› schrie sie. ‹Die ganzen Jahre hindurch sind Sie durch ihn reich geworden – aber eines verspreche ich Ihnen feierlich: Letzten Endes wird er Ihnen Unglück bringen. Sie haben kein moralisches Recht auf ihn, und der Tag wird kommen, an dem Sie sich wünschen, Sie hätten den Schal der tausend Blüten nie gesehen.›

Drei Tage später verschwand Carmen Ferrarez auf mysteriöse Weise aus dem Hotel, in dem sie wohnte. In ihrem Zimmer wurde ein Zettel mit einem Namen und einer Adresse gefunden – der Name lautete Conrad Fleckman. Ferner fand man eine Notiz von einem Mann, der behauptete, mit gebrauchter Kleidung zu handeln, und anfragte, ob sie die Absicht hätte, einen bestickten Schal zu verkaufen, von dem er annahm, dass sie ihn besaß. Die auf der Notiz angegebene Adresse war falsch.

Es ist klar, dass der Schal den Mittelpunkt dieser ganzen mysteriösen Geschichte bildet. Gestern Morgen erschien Conrad Fleckman nun bei Anna Rosenburg. Sie schloss sich mit ihm für gut eine Stunde ein, und als er sie verließ, musste sie sich zu Bett legen, so blass und erschüttert war sie durch die Unterhaltung. Sie ordnete jedoch noch an, dass Fleckman jederzeit vorgelassen würde, wenn er sich meldete. Gestern Abend stand Anna Rosenburg auf und verließ gegen neun Uhr ihre Wohnung; seitdem ist sie nicht zurückgekehrt. Heute Morgen wurde sie in dem Haus, in dem dieser Conrad Fleckman wohnt, erstochen aufgefunden. Neben ihr auf dem Fußboden lag – was glauben Sie wohl?»

«Der Schal?», keuchte Anthony. «Der Schal der tausend Blüten.»

«Etwas viel Entsetzlicheres. Etwas, das die ganze mysteriöse Geschichte mit dem Schal erklärt und seinen geheimen Wert deutlich macht … Entschuldigen Sie, aber ich glaube, das ist der Chef …»

Tatsächlich hatte es draußen geläutet. Anthony zügelte seine Ungeduld, so gut es ihm möglich war, und wartete auf die Rückkehr des Inspectors. Soweit es seine eigene Lage betraf, war er jetzt erleichtert. Sobald man ihm die Fingerabdrücke abgenommen hätte, würde man den Irrtum feststellen.

Und dann würde vielleicht Carmen anrufen …

Der Schal der tausend Blüten! Was für eine seltsame Geschichte – genau die, die einen angemessenen Hintergrund für die atemberaubende dunkle Schönheit des Mädchens abgeben würde.

Carmen Ferrarez …

Er riss sich aus seinen Phantastereien. Wie lange dieser Inspector nur brauchte. Er stand auf und riss die Tür auf. In der Wohnung war es merkwürdig still. Waren sie etwa schon gegangen? Doch bestimmt nicht, ohne sich von ihm zu verabschieden.

Er schlenderte in das nächste Zimmer. Es war leer – und das Wohnzimmer war ebenfalls leer. Seltsam leer! Irgendwie wirkte alles kahl und wüst. Du lieber Himmel! Seine Emaillensammlung – das Silber!

Wie von Sinnen rannte er durch die Wohnung. Überall das Gleiche. Alles war ausgeplündert. Jedes Stück von Wert war verschwunden – und Anthony hatte beim Sammeln einen sehr guten Geschmack bewiesen.

Mit einem Aufstöhnen taumelte Anthony in einen Sessel und verbarg den Kopf in den Händen. Erst das Läuten der Wohnungsklingel schreckte ihn hoch. Er öffnete die Tür und stand Rogers gegenüber.

«Entschuldigen Sie, Sir», sagte Rogers. «Aber die Herren meinten, Sie brauchten vielleicht irgendetwas.»

«Die Herren?»

«Ihre beiden Freunde, Sir. So gut ich konnte, habe ich ihnen beim Verpacken geholfen. Glücklicherweise hatte ich zufällig zwei Kisten im Keller stehen.» Seine Augen blickten zu Boden. «So gut ich konnte, habe ich auch das Stroh zusammengefegt, Sir.»

«Hier oben haben Sie die Sachen eingepackt?», stöhnte Anthony.

«Ja, Sir. War das denn nicht Ihr eigener Wunsch, Sir? Der große Herr forderte mich dazu auf, und da Sie hinten in dem kleinen Zimmer mit dem anderen Herrn sprachen, wollte ich nicht stören.»

«Nicht ich sprach mit ihm», sagte Anthony. «Er redete vielmehr mit mir – zum Teufel mit ihm.»

Rogers hüstelte. «Und es tut mir aufrichtig Leid, dass es nötig war, Sir», murmelte er.

«Nötig?»

«Dass Sie sich von Ihren Schätzen trennen mussten, Sir.»

«Was? Ach ja! Ha, ha!» Er lachte verbissen auf. «Wahrscheinlich sind sie mittlerweile schon weggefahren, was? Diese – meine Freunde, meine ich.»

«O ja, Sir, schon vor einiger Zeit. Ich verstaute die Kisten im Taxi, und der große Herr ging noch einmal nach oben, und dann kamen beide heruntergelaufen und fuhren sofort weg... Verzeihung, Sir, aber stimmt irgendetwas nicht, Sir?»

Rogers hatte gut fragen. Das ächzende Stöhnen, das Anthony von sich gab, hätte überall Argwohn erweckt.

«Gar nichts stimmt – vielen Dank, Rogers. Aber ich bin mir völlig im Klaren, dass man Ihnen nicht den geringsten Vorwurf machen kann. Lassen Sie mich allein – ich muss schnell mal telefonieren.»

Fünf Minuten später war zu beobachten, wie Anthony seine Geschichte Inspector Driver, der mit einem Notizblock in der Hand ihm gegenüber saß, ausführlich berichtete. Ein unsympathischer Mann, dieser Inspector Driver, und (wie Anthony überlegte) einem wirklichen Inspector so gar nicht ähnlich! Ziemlich theatralisch, wenn man genau hinsah. Wieder einmal ein schlagender Beweis dafür, dass die Kunst der Natur überlegen ist. Anthony kam zum Ende seines Berichtes. Der Inspector klappte sein Notizbuch zu.

«Und?», fragte Anthony besorgt.

«Sonnenklar», sagte der Inspector. «Das war die Patterson-Bande. In letzter Zeit hat sie sich verschiedene derart gerissene Sachen geleistet. Großer blonder Mann, kleiner dunkler Mann, und das Mädchen.»

«Das Mädchen?»

«Ja – ebenfalls dunkel und verdammt gut aussehend. Tritt gewöhnlich als Lockvogel auf.»

«Ein – ein spanisches Mädchen?»

«Vielleicht bezeichnet sie sich als Spanierin. Geboren wurde sie jedenfalls in Hampstead.»

«Habe ich nicht gesagt, dass Hampstead eine anregende Gegend ist?», murmelte Anthony.

«Ja, der Fall ist also sonnenklar», sagte der Inspector und erhob sich, um zu gehen. «Sie hat hier angerufen und Sie mit ihrer Geschichte geleimt – in der Annahme, Sie würden dann auch bestimmt kommen. Dann geht sie zur alten Mutter Gibson, die nichts dagegen hat, ihr Zimmer gegen ein Trinkgeld vorübergehend an Leute zu vermieten, die es schrecklich finden, sich vor aller Augen zu treffen – Liebhaber, verstehen Sie, nichts Kriminelles. Sie fallen prompt darauf herein, die beiden fahren mit Ihnen hierher, und während der eine Ihnen einen Bären aufbindet, verschwindet der andere mit der Beute. Das waren todsicher die Pattersons – genauso arbeiten sie immer.»

«Und meine Sachen?», fragte Anthony besorgt.

«Wir werden tun, was wir können, Sir. Aber die Pattersons sind ungewöhnlich gerissen.»

«Diesen Eindruck habe ich auch», sagte Anthony verbittert. Der Inspector verabschiedete sich, und kaum war er gegangen, läutete es bereits wieder an der Tür. Anthony öffnete. Ein kleiner Junge mit einem Paket im Arm stand vor ihm.

«Für Sie, Sir.»

Mit einer gewissen Überraschung nahm Anthony es an sich. Eigentlich rechnete er nicht mit einem Paket irgendwelcher Art. Als er es in das Wohnzimmer gebracht hatte, schnitt er die Schnur auf.

Es war das Likörservice!

«Verdammt!», sagte Anthony.

Dann erst fiel ihm auf, dass sich am Fuß eines der Gläser eine winzige kunstvolle Rose befand. Seine Gedanken eilten in jenes Zimmer im ersten Stock zurück, das in der Kirk Street lag.

«Ich mag dich gern – ja, ich mag dich. Du wirst immer daran denken, was auch passiert, nicht wahr?»

Das hatte sie gesagt. *Was auch passiert*... Hatte sie damit etwa gemeint...

Anthony nahm sich wieder nachdrücklich zusammen.

«Das genügt nicht», ermahnte er sich.

Sein Blick fiel auf die Schreibmaschine, und mit entschlossenem Gesicht setzte er sich hin.

DAS GEHEIMNIS DER ZWEITEN GURKE

Sein Gesicht wirkte wieder verträumt. Der Schal der tausend Blüten. Was hatte man eigentlich auf dem Fußboden neben ihrem leblosen Körper gefunden? Jenes entsetzliche Ding, das das ganze Geheimnis erklärte?

Nichts, natürlich, da es sich nur um eine erfundene Geschichte gehandelt hatte, die seine Aufmerksamkeit fesseln sollte, und der Erzähler hatte nur jenen alten Trick aus Tausendundeiner Nacht angewandt: Die Geschichte zu unterbrechen, wenn sie am spannendsten war. Aber war es denn so unmöglich, dass tatsächlich irgendetwas Entsetzliches existierte, was das ganze Geheimnis erklärte? Dass es immer noch existierte? Vielleicht, wenn man sich gründlich damit beschäftigte?

Anthony zog den Bogen aus der Schreibmaschine und ersetzte ihn durch einen neuen. Dann tippte er die Überschrift.

DAS GEHEIMNIS DES SPANISCHEN SCHALS

Schweigend schaute er sie eine Weile an.

Dann begann er, rasend schnell auf die Maschine einzuhämmern...

Jane sucht Arbeit

Jane Cleveland raschelte mit der Zeitung und stieß einen tiefen Seufzer aus, der aus dem Innersten ihrer Seele zu steigen schien. Angewidert betrachtete sie die marmorne Tischplatte vor sich, auf der sich ein Teller mit einer Toastscheibe, garniert mit einem verlorenen Ei, sowie ein Kännchen Tee befanden. Nicht etwa, weil sie keinen Hunger hatte. Das war keineswegs der Fall, Jane hatte einen Bärenhunger. Sie hätte in diesem Augenblick gut und gern ein riesengroßes Steak mit Bratkartoffeln und einer Portion Butterbohnen vertilgen und dazu ein etwas aufregenderes Getränk als den faden Tee trinken können.

Aber junge Frauen, in deren Kasse totale Ebbe herrscht, können nicht wählerisch sein. Jane durfte sich schon glücklich schätzen, dass sie in der Lage war, ein verlorenes Ei und ein Kännchen Tee zu bestellen. Morgen würde sie sich vermutlich nicht einmal mehr das leisten können, es sei denn …

Sie wandte sich wieder dem Anzeigenteil im *Daily Leader* zu. Um es klar und deutlich zu sagen, Jane war arbeitslos, und ihre Lage wurde allmählich brenzlig. Die Wirtin ihrer schäbigen Pension hatte sie bereits mehrmals mit schrägen Blicken gemustert.

«Und dabei», sagte Jane zu sich selbst, wobei sie, wie es ihre Gewohnheit war, trotzig das Kinn hob, «und dabei bin ich intelligent, sehe gut aus und habe eine anständige Erziehung genossen. Was wollen die Leute eigentlich noch mehr?»

Nach dem *Daily Leader* zu schließen, wollten die Leute Stenotypistinnen mit reichlicher Berufserfahrung, Geschäftsführerinnen mit etwas Eigenkapital, Interessentinnen an lukrativen Hühnerzuchtbetrieben (auch hier war ein bisschen Eigenkapital erforderlich) sowie unzählige Köchinnen, Zimmermädchen und Putzfrauen – insbesondere Putzfrauen.

«Es würde mir ja gar nichts ausmachen, mich als Putzfrau zu verdingen», sagte Jane zu sich, «aber selbst hier würde man mich nicht ohne Berufserfahrung nehmen. Wahrscheinlich könnte ich irgendwo eine Stelle als Hausmädchen finden, aber Hausmädchen zahlt man nun mal kein nennenswertes Gehalt.»

Sie seufzte abermals tief auf, legte die Zeitung vor sich hin und machte sich mit dem gesunden Appetit der Jugend über das verlorene Ei her.

Als sie den letzten Bissen verschlungen hatte, trank sie ihren Tee und blätterte dabei die Zeitung durch bis zu den Kleinanzeigen. Das war immer ihre letzte Hoffnung.

Hätte sie bloß zweitausend Pfund besessen, so wäre alles kinderleicht. Es gab da mindestens sieben einmalige Anlagemöglichkeiten – die alle nicht weniger als dreitausend Pfund im Jahr abwarfen. Jane schnitt eine Grimasse.

«Wenn ich zweitausend Pfund hätte», murmelte sie, «würde ich mich bestimmt nicht so leicht davon trennen.»

Sie ließ ihre Augen rasch bis zum Ende der Spalte gleiten und dann mit der Gewandtheit langer Übung wieder daran emporwandern.

Da war die Dame, die so wunderbar hohe Preise für abgelegte Kleidung bezahlte, wobei sie zur Besichtigung von «Damengarderobe» sogar zu einem nach Hause kam. Da war der Herr, der *alles* kaufte – aber sich vorzugsweise für *Zähne* interessierte. Da waren die Damen «von Stand», die unbedingt verreisen mussten und daher ihre Pelzmäntel zu geradezu spottbilligen Preisen abgeben wollten. Da waren der verarmte Geistliche, die schwer arbeitende Witwe, der kriegsversehrte Offizier, die alle unbedingt Beträge zwischen fünfzig und zweihundert Pfund benötigten. Und dann hielt Jane abrupt inne. Sie stellte ihre Teetasse hin und las die Annonce ein zweites Mal.

«Es ist natürlich ein Haken dabei», murmelte sie. «Hinter dieser Art von Angeboten steckt immer ein Haken. Ich muss vorsichtig sein. Aber trotzdem ...»

Die Anzeige, die Jane Cleveland so interessierte, lautete folgendermaßen:

«Wenn *Sie* – junge Dame, Alter zwischen fünfundzwanzig und dreißig, dunkelblaue Augen, hellblonde Haare, schwarze Augenbrauen und Wimpern, gerade Nase, schlanke Figur, Größe ein Meter achtundsechzig, mit Schauspieltalent und französischen Sprachkenntnissen – sich heute zwischen 17 und 18 Uhr bei der Adresse Endersleigh Street 7 melden, haben wir ein interessantes Angebot für Sie.»

«‹Die Unschuld vom Lande› oder ‹Wie man auf die schiefe Bahn gerät›», spöttelte Jane halblaut. «Auf jeden Fall ist Vorsicht geboten. Aber eigentlich werden für so was zu viele besondere Eigenschaften verlangt. Ob vielleicht ... gehen wir die Bedingungen noch einmal durch.»

Sie fing von vorne an.

«Alter fünfundzwanzig bis dreißig – ich bin sechsundzwanzig. Augen dunkelblau – stimmt. Haare hellblond, Augenbrauen und Wimpern schwarz – stimmt alles. Gerade Nase? Na ja – ziemlich gerade, jedenfalls keine Haken- und keine Himmelfahrtsnase. Und eine schlanke Figur hab ich – selbst für heutzutage. Groß bin ich zwar nur ein Meter siebenundsechzig – aber ich könnte ja Schuhe mit hohen Absätzen tragen. Schauspieltalent hab ich auch, nicht überwältigend vielleicht, aber ich kann gut anderer Leute Stimmen imitieren, und Französisch spreche ich wie ein Engel oder eine geborene Französin. Kurz und gut, ich bin genau die Richtige. Die müssten vor Freude schier in die Luft springen, wenn ich mich dort melde. Also los, Jane, auf in den Kampf.»

Entschlossen riss Jane die Anzeige aus der Zeitung und steckte sie in ihre Handtasche. Dann rief sie mit neuerwachter Energie in der Stimme nach ihrer Rechnung.

Um zehn Minuten vor fünf war Jane bereits in der Gegend der Endersleigh Street, um sich ein wenig umzusehen. Die Endersleigh Street selbst ist eine kleine, zwischen zwei größere Straßen eingezwängte Nebenstraße nicht weit vom Oxford Circus entfernt. Die graubraunen Häuserfronten wirkten eintönig, aber respektabel.

Nummer 7 schien sich durch nichts von den Nachbarhäusern zu unterscheiden. Es bestand ebenfalls ausschließlich aus Büroetagen. Doch während Jane an der Fassade emporblickte, dämmerte es ihr zum ersten Mal, dass sie nicht das einzige blauäugige, blondhaarige, mit einer geraden Nase ausgestattete, schlanke Mädchen zwischen fünfundzwanzig und dreißig Jahren war. In London wimmelte es offensichtlich von derartigen weiblichen Wesen, und mindestens vierzig bis fünfzig davon hatten sich vor der Endersleigh Street 7 versammelt.

«Die Konkurrenz», seufzte Jane. «Ich reihe mich am besten schleunigst in die Warteschlange ein.»

Sie tat es genau in dem Moment, als drei weitere Mädchen um die Straßenecke bogen. Hinter ihnen tauchten noch andere auf. Jane vertrieb sich die Zeit, indem sie ihre unmittelbaren Nachbarinnen genau unter die Lupe nahm. Bei allen entdeckte sie glücklicherweise etwas, das nicht stimmte – blonde statt dunkle Wimpern; Augen, die mehr grau als blau waren; blonde Haare, die ihre Farbe der Kunst eines Friseurs und nicht der Natur verdankten, interessante Nasenformen und Figuren, die man nur mit größter Nachsicht als schlank bezeichnen konnte. Jane fasste wieder Mut.

«Ich glaube, ich habe geradeso gut eine Chance wie alle anderen hier», murmelte sie vor sich hin. «Bin gespannt, um was es sich bei der Sache dreht. Ein Statistinnenjob hoffentlich.»

Die Warteschlange rückte langsam aber stetig voran. Nach einer Weile setzte, aus dem Haus kommend, ein zweiter Strom von Mädchen ein. Einige von ihnen warfen verächtlich die Köpfe zurück, andere grinsten spöttisch.

«Abgelehnt», frohlockte Jane. «Ich hoffe zu Gott, es ist noch nicht alles besetzt, bis ich drinnen bin.»

Und die Schlange rückte immer noch vorwärts. Ängstliche Blicke senkten sich auf winzige Taschenspiegel, Nasen wurden frisch gepudert, Lippenstifte gezückt.

Ich wünschte, ich hätte einen fescheren Hut, dachte Jane betrübt.

Endlich war sie an der Reihe. Im Hausflur befand sich auf der einen Seite eine Glastür mit der Aufschrift «Messrs. Cuthbertsons». Durch diese Tür wurden die Bewerberinnen einzeln eingelassen. Nun kam Jane dran. Sie holte tief Luft und ging hinein.

Sie gelangte in ein Vorzimmer, das offensichtlich für das Büropersonal bestimmt war. An seinem Ende war eine weitere Glastür. Jane wurde angewiesen, durch diese Tür zu gehen. Sie tat es und sah sich nun in einem wesentlich kleineren Raum. Darin stand ein riesiger Schreibtisch, und hinter diesem saß ein Mann mittleren Alters mit scharfen Augen und einem dichten, ziemlich fremdländisch wirkenden Schnurrbart. Sein Blick glitt über Jane hinweg, dann deutete er auf eine Tür zur Linken.

«Bitte, warten Sie dort drinnen», sagte er knapp.

Jane gehorchte. In dem Raum, den sie nun betrat, waren schon mehrere Personen. In steifer Haltung saßen dort fünf Mädchen, die sich alle untereinander mit bösen Blicken maßen. Es war Jane klar, dass man sie unter die aussichtsreichsten Kandidatinnen eingereiht hatte, und sie schöpfte neue Hoffnung. Nichtsdestoweniger musste sie zugeben, dass diese fünf Mädchen hier den in der Annonce geforderten Bedingungen ebenso entsprachen wie sie selbst.

Die Zeit verging. Durch das Büro nebenan strömten offenbar weitere Scharen von Mädchen. Die meisten wurden durch eine andere Tür, die zum Korridor ging, wieder nach draußen geschleust, aber hin und wieder gesellte sich ein Neuankömmling zur Gruppe der Auserwählten. Um halb sieben waren schließlich vierzehn junge Damen in dem Nebenzimmer versammelt.

Jane hörte Stimmengemurmel aus dem Büro, und kurz darauf trat der ausländisch aussehende Herr, den sie im Geist wegen seines martialischen Schnurrbarts den «Oberst» getauft hatte, in die Tür.

«Meine Damen, ich würde mich nun gern einzeln mit Ihnen unterhalten», sagte er. «In der Reihenfolge, in der Sie gekommen sind, bitte.»

Jane war demnach die Sechste auf der Liste. Zwanzig Minuten verstrichen, ehe sie hereingerufen wurde. Der «Oberst» stand aufrecht im Zimmer, die Hände auf dem Rücken verschränkt, und stellte ihr rasch hintereinander einige Fragen. Er prüfte ihre Französischkenntnisse und maß schließlich ihre Größe.

«Es wäre möglich, Mademoiselle», sagte er dann auf Französisch, «dass Sie den Anforderungen entsprechen. Ich weiß es noch nicht. Aber es wäre möglich.»

«Um was für einen Posten handelt es sich denn, wenn ich fragen darf», erkundigte sich Jane ohne Umschweife.

Er zuckte mit den Achseln.

«Das kann ich Ihnen noch nicht sagen. Wenn die Wahl auf Sie fällt – dann werden Sie es erfahren.»

«Das scheint mir alles sehr geheimnisvoll», wandte Jane ein. «Ich kann unmöglich eine Tätigkeit annehmen, ohne genau darüber Bescheid zu wissen. Darf ich fragen, ob es etwas mit dem Film zu tun hat?»

«Dem Film? Nein, absolut nicht.»

«Ach!», stieß Jane verblüfft hervor.

Der «Oberst» musterte sie aufmerksam.

«Sie besitzen Intelligenz, ja? Und Diskretion?»

«Ich besitze jede Menge Intelligenz und Diskretion», entgegnete Jane ruhig. «Wie steht's mit der Bezahlung?»

«Die Bezahlung wird zweitausend Pfund betragen – für eine Arbeitsdauer von zwei Wochen.»

«Oh!», hauchte Jane.

Die Höhe der genannten Summe überwältigte sie derart, dass sie im Augenblick kein weiteres Wort herausbrachte. «Ich habe noch eine weitere junge Dame in die engere Wahl gezogen», fuhr der Oberst fort. «Sie sind beide gleich gut geeignet. Vielleicht gibt es unter den verbleibenden Damen noch andere, die in Frage kommen. Ich werde Ihnen nun weitere Anweisungen geben. Sie kennen das Hotel ‹Harridge's›?»

Jane rang nach Luft. Wer in England kannte nicht das «Harridge's», jenes berühmte Haus in einer bescheidenen Nebenstraße von Mayfair, wo regelmäßig Mitglieder regierender Häuser und andere Berühmtheiten abzusteigen pflegten. Erst heute Morgen hatte Jane von der Ankunft der Großherzogin Pauline von Ostrowa gelesen. Sie war nach England gekommen, um einen großen Wohltätigkeitsbasar zur Unterstützung russischer Flüchtlinge zu eröffnen, und sie wohnte natürlich im «Harridge's».

«Ja», antwortete Jane auf die Frage des Obersten.

«Schön. Begeben Sie sich dorthin. Fragen Sie nach Graf Streptitsch. Schicken Sie Ihre Visitenkarte hinauf – Sie haben doch eine Visitenkarte?»

Jane holte eine aus der Tasche. Der Oberst nahm sie und kritzelte in eine Ecke davon ein winziges P. Dann gab er Jane die Karte zurück.

«Das garantiert Ihnen, dass der Graf Sie auch bestimmt empfängt. Er wird daraus ersehen, dass ich Sie geschickt habe. Die endgültige Entscheidung liegt bei ihm – und bei einer anderen Person. Sollte er Sie für geeignet halten, wird er Ihnen erklären, um was es sich handelt, und Sie können dann sein Angebot annehmen oder ablehnen. Sind Sie damit einverstanden?»

«Vollkommen», erwiderte Jane.

Vorläufig wenigstens, dachte sie, als sie auf die Straße trat. Ich kann keinen Haken an der Geschichte entdecken. Und doch muss es einen geben. Für nichts kriegt man nichts. Es muss sich um irgendeine illegale Sache handeln! Etwas anderes bleibt gar nicht übrig.

Sie wurde ganz vergnügt bei dem Gedanken. Die Idee einer illegalen Beschäftigung schien ihr nicht so übel, vorausgesetzt natürlich, diese hielt sich im Rahmen. Die Zeitungen waren in letzter Zeit voll von den «Heldentaten» verschiedener «Gangsterbräute» gewesen, und Jane hatte sich schon ernstlich überlegt, ob sie sich, sollte alles andere schief gehen, nicht auch auf dieses Metier verlegen sollte.

Mit leichtem Schaudern trat sie durch das geheiligte Portal des «Harridge's». Mehr als je zuvor wünschte sie, sie hätte einen neuen Hut.

Aber sie marschierte tapfer zur Rezeption, holte ihre Karte heraus und fragte ohne jedes Zaudern in der Stimme nach Graf Streptitsch. Ihr schien, als sehe der Portier sie recht neugierig an, doch er nahm ihre Karte und gab sie einem kleinen Hotelpagen, wobei er diesem leise einige Anweisungen erteilte, die Jane nicht verstand. Nach einer Weile kehrte der Page zurück und forderte Jane auf, ihm zu folgen. Sie fuhren mit dem Lift nach oben und gingen einen Korridor entlang bis zu einer breiten Doppeltür. Der Page klopfte an. Einen Augenblick später fand sich Jane in einem großen Raum einem hoch gewachsenen, schlanken Herrn mit blondem Bart gegenüber, der lässig ihre Visitenkarte zwischen langen weißen Fingern hielt.

«Miss Jane Cleveland», las er langsam. «Ich bin Graf Streptitsch.»

Seine Lippen öffneten sich zu etwas, das wohl ein Lächeln darstellen sollte, und entblößten zwei Reihen weißer ebenmäßiger Zähne. Das Resultat erweckte jedoch keineswegs den Eindruck von Heiterkeit.

«Wenn ich recht verstehe, haben Sie sich auf unsere Annonce hin beworben», fuhr der Graf fort. «Unser guter Oberst Kranin hat Sie dann zu uns geschickt.»

Er ist also doch ein Oberst, dachte Jane, erfreut über ihre Menschenkenntnis, doch sie nickte bloß.

«Sie werden es mir nicht übel nehmen, wenn ich Ihnen nun ein paar Fragen stelle?»

Er wartete ihre Antwort nicht ab, sondern unterzog Jane sofort einem Verhör, das demjenigen des Obersten Kranin fast aufs Haar glich. Ihre Antworten schienen ihn zu befriedigen. Er nickte ein- oder zweimal mit dem Kopf.

«Ich möchte Sie nun bitten, Mademoiselle, langsam bis zur Tür und wieder zurück zu gehen.»

Vielleicht wollen die mich als Mannequin, dachte Jane, während sie gehorchte. Aber nein, einem Mannequin würden sie nicht zweitausend Pfund bezahlen. Trotzdem, ich stelle vorläufig lieber noch keine Fragen.

Graf Streptitsch runzelte die Stirn. Er trommelte mit seinen weißen Fingern auf die Tischplatte. Plötzlich erhob er sich, öffnete die Tür zu einem Nebenzimmer und sprach mit jemandem dort drinnen.

Er kehrte zu seinem Platz zurück, und gleich darauf erschien eine kleine ältere Dame aus dem Nebenzimmer, dessen Tür sie hinter sich schloss. Sie war dick und auffallend hässlich, dennoch merkte man ihrem Auftreten an, dass sie eine bedeutende Persönlichkeit war.

«Nun, Anna Michaelowna», sagte der Graf. «Was halten Sie von ihr?»

Die Dame musterte Jane von oben bis unten, als wäre das Mädchen eine Wachsfigur in einem Panoptikum. Sie machte nicht die geringsten Anstalten, Jane zu begrüßen.

«Sie könnte passen», meinte sie schließlich. «Eine Ähnlichkeit im buchstäblichen Sinn ist zwar kaum vorhanden. Aber die Figur und die Farben sind sehr gut, besser als bei den anderen. Was meinen Sie, Feodor Alexandrowitsch?»

«Ich bin ganz Ihrer Meinung, Anna Michaelowna.»

«Spricht sie Französisch?»

«Ihr Französisch ist ausgezeichnet.»

Jane kam sich mehr und mehr wie eine Wachspuppe vor. Keiner dieser beiden merkwürdigen Leute schien auf den Gedanken zu kommen, dass sie ein menschliches Wesen war.

«Aber wird sie auch schweigen können?», fragte die Dame, indem sie Jane stirnrunzelnd betrachtete.

«Das ist die Prinzessin Poporensky», wandte sich Graf Streptitsch auf Französisch an Jane. «Sie möchte wissen, ob Sie schweigen können.»

Jane richtete ihre Antwort an die Prinzessin.

«Ehe man mir nicht erklärt, um welche Tätigkeit es sich handelt, kann ich schwerlich irgendetwas versprechen.»

«Es ist richtig, was sie da sagt, die Kleine», meinte die Dame. «Ich glaube, sie ist intelligent, Feodor Alexandrowitsch – intelligenter als die anderen. Sagen Sie mir, Kleine, haben Sie auch Mut?»

«Ich weiß nicht», antwortete Jane verwirrt. «Ich hab's nicht gerade besonders gern, wenn man mir Schmerzen zufügt, aber ich kann's ertragen.»

«Oh, das habe ich nicht gemeint. Sie haben keine Angst vor Gefahren, nein?»

«Ach so!», rief Jane. «Gefahren! Nein, das nicht. Gefahren, die liebe ich.»

«Und Sie sind arm? Würden Sie gern viel Geld verdienen?»

«Und ob», rief Jane schon beinahe enthusiastisch.

Graf Streptitsch und Prinzessin Poporensky wechselten einen Blick. Dann nickten sie beide gleichzeitig.

«Soll ich erklären, Anna Michaelowna?», fragte Streptitsch.

Die Prinzessin schüttelte den Kopf.

«Ihre Hoheit möchte das selbst tun.»

«Das ist unnötig – und unklug.»

«Dennoch, so lautet ihr Befehl. Ich soll das Mädchen zu ihr bringen, sobald Sie mit Ihrem Interview fertig sind.»

Streptitsch zuckte die Achseln. Er war sichtlich nicht erbaut darüber. Aber ebenso sichtlich verspürte er keine Neigung, sich dem Befehl zu widersetzen. Er wandte sich zu Jane.

«Die Prinzessin Poporensky wird Sie nun Ihrer Hoheit, der Großherzogin Pauline vorstellen. Haben Sie keine Angst.»

Jane hatte absolut keine Angst. Sie war von dem Gedanken entzückt, einer echten, lebendigen Großherzogin vorgestellt zu werden. Ihr Wesen war nicht von sozialistischen Ideen angekränkelt. Für den Augenblick machte sie sich nicht einmal mehr Sorgen wegen ihres Hutes.

Prinzessin Poporensky watschelte Jane gewichtigen Schritts voraus, wobei sie es trotz widriger Umstände fertig brachte, ihrem Gang eine gewisse Würde zu verleihen. Sie durchschritten den Nebenraum, eine Art Vorzimmer, und die Prinzessin klopfte an eine Tür in der gegenüberliegenden Wand. Eine Stimme von drinnen antwortete. Die Prinzessin öffnete die Tür und trat über die Schwelle, dicht gefolgt von Jane.

«Madame», begann sie in feierlichem Ton, «gestatten Sie, dass ich Ihnen Miss Jane Cleveland vorstelle.»

Eine junge Frau, die in einem tiefen Sessel im Hintergrund des Raums gesessen hatte, sprang auf und eilte auf die beiden zu. Ein oder zwei Minuten lang starrte sie Jane wie gebannt an, dann brach sie in fröhliches Lachen aus.

«Aber das ist ja phantastisch, Anna», rief sie. «Ich hätte nie geglaubt, dass es so gut funktionieren würde. Kommen Sie, wir wollen uns Seite an Seite betrachten.»

Sie ergriff Jane beim Arm und zog sie mit sich durchs Zimmer bis zu einem mannshohen Spiegel an der Wand.

«Sehen Sie?», rief sie entzückt. «Das perfekte Ebenbild.»

Schon beim ersten Anblick der Großherzogin Pauline hatte Jane angefangen zu begreifen. Die Großherzogin war eine junge Frau, vielleicht ein oder zwei Jahre älter als Jane. Sie hatte Haare vom gleichen Blondton wie Jane und die gleiche schlanke Figur. Sie war lediglich eine Spur größer. Jetzt, da sie beide nebeneinander standen, war die Ähnlichkeit wirklich frappant.

Die Großherzogin klatschte in die Hände. Sie schien eine außergewöhnlich heitere junge Frau zu sein.

«Es könnte nicht besser sein», rief sie aus. «Sie müssen Feodor Alexandrowitsch in meinem Namen beglückwünschen, Anna. Er hat wirklich großartige Arbeit geleistet.»

«Bisher, Madame», entgegnete die Prinzessin mit gedämpfter Stimme, «weiß diese junge Frau noch nicht, was von ihr verlangt wird.»

«Stimmt.» Die Großherzogin beruhigte sich ein wenig. «Das habe ich ganz vergessen. Nun, ich werde sie aufklären. Lassen Sie uns allein, Anna Michaelowna.»

«Aber, Madame –»

«Lassen Sie uns allein, habe ich gesagt.»

Die Großherzogin stampfte ärgerlich mit dem Fuß auf. Mit merklichem Widerstreben verließ Anna Michaelowna den Raum. Die Großherzogin setzte sich und bedeutete Jane, das Gleiche zu tun.

«Sie sind schon lästig, diese alten Frauen», bemerkte Pauline. «Aber sie gehören nun einmal dazu. Anna Michaelowna ist noch besser als die meisten anderen. Nun, Miss – ach ja, Miss Jane Cleveland. Der Name gefällt mir. Sie übrigens auch. Sie sind sympathisch. Ich merke sofort, ob Menschen sympathisch sind.»

«Das ist sehr klug von Ihnen, Madame.» Jane tat zum ersten Mal den Mund auf.

«Ich bin klug», gab Pauline ruhig zurück. «So, und nun will ich Ihnen alles erklären. Zwar gibt es da nicht viel zu erklären. Sie kennen die Geschichte von Ostrowa. Praktisch meine ganze Familie ist tot – von den Kommunisten ausgerottet worden. Ich bin wahrscheinlich die Letzte meiner Linie. Und ich bin eine Frau, wir haben keine weibliche Erbfolge. Man möchte daher meinen, sie würden mich in Ruhe lassen. Aber nein, wohin ich gehe, werden Attentatsversuche gegen mich unternommen. Absurd, nicht wahr? Diesen Leuten geht eben jeder Sinn für das rechte Maß ab.»

«Ich verstehe», murmelte Jane in dem unbestimmten Gefühl, es werde eine Antwort von ihr erwartet.

«Die meiste Zeit lebe ich in strenger Zurückgezogenheit – wo ich Vorkehrungen für meinen Schutz treffen kann. Aber hin und wieder muss ich an öffentlichen Feierlichkeiten teilnehmen. Während meines Aufenthalts hier zum Beispiel muss ich mehrere halböffentliche Veranstaltungen besuchen. Und ebenso in Paris, auf meinem Rückweg. Ich habe nämlich einen Besitz in Ungarn, wissen Sie. Man kann dort wunderbar Sport treiben.»

«Tatsächlich?», sagte Jane.

«Ja, fabelhaft. Ich liebe Sport. Außerdem – eigentlich dürfte ich Ihnen das gar nicht erzählen, aber ich tu's doch, weil Sie so ein sympathisches Gesicht haben –, also, es werden dort gewisse Vorbereitungen getroffen – in aller Stille, verstehen Sie. Kurz gesagt, es ist sehr wichtig, dass ich während der nächsten zwei Wochen nicht umgebracht werde.»

«Aber bestimmt ist die Polizei ...», begann Jane.

«Die Polizei? O ja, die ist sicherlich ausgezeichnet. Und wir selbst haben auch – auch unsere Spione. Es ist gut möglich, dass ich vor einem Attentatsversuch gewarnt werde. Aber vielleicht eben auch nicht.»

Sie zuckte die Achseln.

«Langsam verstehe ich», sagte Jane bedächtig. «Sie wünschen, dass ich Ihren Platz einnehme?»

«Nur bei bestimmten Gelegenheiten», sprudelte die Großherzogin hervor. «Sie müssten sich irgendwo zu meiner Verfügung halten, verstehen Sie? Ich werde Sie während der nächsten vierzehn Tage vielleicht zweimal, dreimal oder auch viermal brauchen. Das wird jedes Mal anlässlich irgendeiner öffentlichen Veranstaltung sein. Bei intimen Geselligkeiten jeder Art können Sie mich natürlich nicht vertreten.»

«Natürlich nicht», bestätigte Jane.

«Sie eignen sich wirklich ausgezeichnet für diese Aufgabe. Es war ein kluger Einfall von Feodor Alexandrowitsch, diese Annonce, finden Sie nicht?»

«Und angenommen, ich werde ermordet?»

Die Großherzogin hob die Schultern.

«Dieses Risiko besteht natürlich, aber laut unseren eigenen geheimen Informationen möchte man mich entführen, nicht sofort umbringen. Aber ich will ganz ehrlich sein – es besteht natürlich immer die Möglichkeit, dass ein Bombenattentat auf mich geplant ist.»

«Aha», murmelte Jane in einem Versuch, die unbeschwerte Art von Pauline zu imitieren. Sie hätte zu gerne die Frage der Bezahlung zur Sprache gebracht, wusste jedoch nicht so Recht, wie sie das Thema anschneiden sollte. Aber Pauline enthob sie ihrer Sorge.

«Wir werden Sie natürlich gut dafür bezahlen», bemerkte sie leichthin. «Ich kann mich momentan nicht genau erinnern, wie viel Feodor Alexandrowitsch vorgeschlagen hat. Wir sprachen von Francs oder Kronen, glaube ich.»

«Oberst Kranin», sagte Jane, «sagte etwas von zweitausend Pfund.»

«Genau», entgegnete Pauline lebhaft. «Jetzt erinnere ich mich wieder. Es ist hoffentlich genug, ja? Oder würden Sie lieber dreitausend haben?»

«Tja», meinte Jane, «wenn es Ihnen nichts ausmacht, so hätte ich lieber dreitausend.»

«Sie verstehen sich auf geschäftliche Dinge, wie ich sehe», sagte die Großherzogin freundlich. «Ich wünschte, ich täte es auch. Aber ich habe überhaupt keinen Begriff von Geld. Was ich mir wünsche, muss ich haben, und damit basta.»

Jane schien das eine schlichte, aber bewundernswerte Lebenseinstellung.

«Und dann besteht natürlich, wie Sie sagen, eine gewisse Gefahr», fuhr Pauline nachdenklich fort. «Obwohl Sie mir nicht so aussehen, als ob Sie die Gefahr fürchteten. Ich selbst tue es auch nicht. Ich hoffe, Sie denken nicht, es geschehe aus Feigheit, dass ich Sie meine Rolle spielen lassen will? Sehen Sie, es ist für Ostrowa von allergrößter Wichtigkeit, dass ich heirate und mindestens zwei Söhne bekomme. Danach kommt es nicht mehr darauf an, was mit mir geschieht.»

«Ich verstehe», sagte Jane.

«Und Sie sind einverstanden?»

«Ja», erklärte Jane fest, «ich bin einverstanden.»

Pauline klatschte mehrmals heftig in die Hände. Sofort erschien Prinzessin Poporensky im Zimmer.

«Ich habe ihr alles erzählt, Anna», verkündete die Großherzogin. «Sie wird sich nach unseren Wünschen richten, und sie soll dreitausend Pfund bekommen. Sagen Sie Feodor, er soll es sich notieren. Sie ist mir wirklich sehr ähnlich, meinen Sie nicht? Allerdings sieht sie besser aus, finde ich.»

Die Prinzessin watschelte aus dem Zimmer und kehrte mit Graf Streptitsch zurück.

«Wir haben alles geregelt, Feodor Alexandrowitsch», sagte die Großherzogin.

Er verbeugte sich.

«Wird sie ihre Rolle aber auch spielen können?», fragte er mit einem zweifelnden Blick auf Jane.

«Ich werd's Ihnen zeigen», sagte Jane plötzlich. «Sie gestatten, Madame?», wandte sie sich zur Großherzogin.

Diese nickte erfreut.

Jane erhob sich. «Aber das ist ja phantastisch, Anna», rief sie. «Ich hätte nie geglaubt, dass es so gut funktionieren würde. Kommen Sie, wir wollen uns Seite an Seite betrachten.»

Und wie Pauline es schon getan hatte, zog sie ihrerseits die Großherzogin vor den Spiegel.

«Sehen Sie? Das perfekte Ebenbild!»

Es war in Wort, Bewegung und Mimik eine ausgezeichnete Imitation von Paulines Begrüßung, und die Prinzessin nickte beifällig.

«Das war gut», meinte Anna. «Die meisten Menschen würden sich davon täuschen lassen.»

«Sie sind wirklich sehr geschickt», lobte Pauline. «Ich könnte niemals einen anderen Menschen nachmachen, und wenn es um mein Leben ginge.»

Jane glaubte ihr aufs Wort. Ihr war bereits aufgefallen, dass Pauline eine sehr egozentrische Persönlichkeit war.

«Anna wird nun alle Einzelheiten mit Ihnen besprechen», fuhr die Großherzogin fort. «Führen Sie sie in mein Schlafzimmer, Anna, und probieren Sie ihr ein paar von meinen Kleidern an.»

Ein liebenswürdiges Nicken, und Jane war entlassen. Prinzessin Poporensky geleitete sie hinaus.

«Dieses hier wird Ihre Hoheit zur Eröffnung des Basars tragen», erläuterte die alte Dame, während sie eine gewagte Kreation in Weiß und Schwarz emporhielt. «Das wird in drei Tagen sein. Es könnte sich die Notwendigkeit ergeben, dass Sie sie dort vertreten müssen. Wir wissen es noch nicht, weil wir noch keine Informationen darüber haben.» Auf Annas Geheiß streifte Jane ihre eigenen abgetragenen Kleidungsstücke ab und schlüpfte in das Kleid. Es passte ausgezeichnet. Anna Michaelowna nickte beifällig.

«Es passt genau – nur ein bisschen zu lang, da Sie etwa zwei Zentimeter kleiner sind als Ihre Hoheit.»

«Dem kann man leicht abhelfen», sagte Jane rasch. «Die Großherzogin trägt Schuhe mit flachen Absätzen, wie ich bemerkt habe. Wenn ich die gleiche Art von Schuhen trage, aber mit hohen Absätzen, stimmt die Länge.»

Anna Michaelowna zeigte ihr die Schuhe, die die Großherzogin gewöhnlich zu dem Kleid trug – Sandaletten aus Eidechsenleder mit gekreuzten Zehenriemen. Jane prägte sich die Form ein, um sich ein möglichst ähnliches Modell zu besorgen, nur mit anderen Absätzen.

«Es wäre ratsam», fuhr Anna Michaelowna fort, «wenn Sie außerdem ein Kleid kaufen würden, das in Farbe und Material von dem Ihrer Hoheit vollständig absticht. Sollte es sich dann kurzfristig ergeben, dass Sie an ihre Stelle treten müssen, würde der Austausch wahrscheinlich weniger auffallen.»

Jane überlegte einen Moment.

«Wie wär's mit leuchtend rotem Marocain? Und vielleicht trage ich dazu eine Brille. Das verändert das Aussehen sehr stark.»

Beide Vorschläge fanden Beifall, und man besprach weitere Einzelheiten.

Jane verließ das Hotel mit Banknoten im Wert von hundert Pfund in der Handtasche sowie mit der Anweisung, sich die notwendigen Kleidungsstücke zu besorgen und sich sodann unter dem Namen Miss Montresor aus New York ein Zimmer im Hotel «Blitz» zu nehmen.

Am zweiten Tag nach diesen Ereignissen stattete ihr Graf Streptitsch dort einen Besuch ab.

«Welch eine Verwandlung», bemerkte er, während er sich verbeugte.

Jane antwortete mit einer spöttischen Verneigung. Ihre neue Garderobe und das Luxusdasein, das sie jetzt führte, machten ihr großen Spaß.

«Das ist ja alles wunderschön», seufzte sie. «Aber ich fürchte, Ihr Besuch bedeutet, dass ich nunmehr an die Arbeit gehen und mir mein Geld verdienen muss.»

«Das ist richtig. Wir haben Informationen erhalten. Demnach scheint die Möglichkeit zu bestehen, dass man den Versuch unternehmen wird, Ihre Hoheit auf dem Rückweg von dem Wohltätigkeitsbasar zu entführen. Dieser Basar soll, wie Sie wissen, in ‹Orion House› stattfinden, welches ungefähr zehn Meilen außerhalb von London liegt. Ihre Hoheit wird an dem Basar leider in eigener Person teilnehmen müssen, da die Gräfin von Anchester, die ihn organisiert, sie persönlich kennt. Aber ich habe folgenden Plan ausgearbeitet.»

Jane hörte ihm aufmerksam zu. Sie stellte ein paar Fragen und erklärte schließlich, sie habe die Rolle, die sie spielen sollte, genau verstanden.

Am nächsten Morgen strahlte die Sonne vom wolkenlosen Himmel – das ideale Wetter für eines der großen gesellschaftlichen Ereignisse der Londoner Saison, dem Wohltätigkeitsbasar, der unter Leitung der Gräfin von Anchester zugunsten der in England lebenden Flüchtlinge aus Ostrowa in «Orion House» stattfinden sollte.

Mit Rücksicht auf die Unberechenbarkeit des englischen Klimas wurde der Basar selbst in den weitläufigen Salons von «Orion House» abgehalten, das sich seit fünfhundert Jahren im Besitz der Grafen von Anchester befand. Es waren unter anderem verschiedene Privatsammlungen zu besichtigen, und als eine besonders hübsche Idee hatten hundert Damen der Londoner Gesellschaft jeweils eine Perle aus ihren eigenen Kolliers gestiftet, die am folgenden Tag einzeln versteigert werden sollten. Außerdem fanden im Schlosspark zahlreiche Theaterveranstaltungen und andere Vorführungen statt.

Jane in ihrer Rolle als Miss Montresor war frühzeitig zur Stelle. Sie trug ein Kleid aus leuchtend rotem Marocain und dazu ein eng anliegendes rotes Hütchen. Ihre Füße steckten in hochhackigen Sandaletten aus Eidechsenleder. Die Ankunft der Großherzogin Pauline war ein großes Ereignis. Sie wurde zur Rednertribüne geleitet, und ein kleines Mädchen überreichte ihr den obligaten Rosenstrauß. Sie hielt eine kurze, liebenswürdige Ansprache und erklärte sodann den Wohltätigkeitsbasar für eröffnet. Sie wurde von Graf Streptitsch und Prinzessin Poporensky begleitet. Sie trug das

Kleid, das Jane schon kannte, weiß mit einem auffallenden schwarzen Muster, und dazu einen kleinen schwarzen Hut, über dessen Krempe üppige weiße Straußenfedern wallten. Ein zarter Spitzenschleier fiel ihr tief in die Stirn. Jane lächelte in sich hinein.

Die Großherzogin machte einen Rundgang durch den Basar, wobei sie vor jedem Stand kurz anhielt, etwas kaufte und ein paar liebenswürdige Worte sprach. Dann traf sie Anstalten, sich zu verabschieden.

Das war der Moment für Janes Auftritt. Sie wandte sich an Prinzessin Poporensky und bat, der Großherzogin vorgestellt zu werden.

«Ach ja!», rief Pauline mit heller Stimme. «Miss Montresor, ich erinnere mich an den Namen. Eine amerikanische Journalistin, wenn ich mich nicht irre. Sie hat viel für unsere Sache getan. Es wäre mir ein Vergnügen, ihr ein kurzes Interview für ihre Zeitung zu geben. Gibt es hier irgendwo einen Platz, wo wir ungestört sind?»

Sofort wurde der Großherzogin ein kleines Vorzimmer zur Verfügung gestellt, und man schickte Graf Streptitsch aus, um Miss Montresor hereinzuholen. Sobald er seinen Auftrag ausgeführt und sich wieder zurückgezogen hatte, fand mit Hilfe von Prinzessin Poporensky ein blitzschneller Kleidertausch statt.

Drei Minuten später öffnete sich die Tür, und die Großherzogin erschien, ihren Rosenstrauß dicht vors Gesicht haltend.

Mit einem liebenswürdigen Neigen des Kopfes und ein paar französischen Abschiedsworten an die Gräfin von Anchester rauschte sie hinaus und bestieg ihren wartenden Wagen. Prinzessin Poporensky nahm den Platz neben ihr ein, und der Wagen fuhr davon.

«So», sagte Jane, «das war's. Wie es wohl Miss Montresor ergehen mag?»

«Auf sie wird niemand achten. Sie kann unbemerkt hinausschlüpfen.»

«Das stimmt», gab Jane zu. «Ich habe meine Sache gut gemacht, nicht wahr?»

«Sie haben Ihre Rolle ausgezeichnet gespielt, ja.»

«Warum ist der Graf nicht mit uns gekommen?»

«Er musste dort bleiben, denn jemand muss über die Sicherheit Ihrer Hoheit wachen.»

«Hoffentlich wirft niemand eine Bombe», meinte Jane besorgt. «He! Wir biegen ja von der Hauptstraße ab. Was soll das?»

Der Wagen raste mit zunehmender Geschwindigkeit eine Nebenstraße hinunter.

Jane fuhr hoch und redete protestierend auf den Chauffeur ein. Dieser lachte bloß und erhöhte das Tempo. Jane ließ sich wieder in den Sitz zurücksinken.

«Ihre Spione hatten Recht», lachte sie. «Da haben wir den Salat. Ich denke, je länger ich meine Rolle spiele, desto besser ist es für die Sicherheit der Großherzogin. Auf alle Fälle müssen wir genug Zeit gewinnen, dass sie heil nach London kommt.»

Die drohende Gefahr ließ Janes Herz höher schlagen. Der Gedanke an ein Bombenattentat hatte ihr missfallen, doch diese Art Abenteuer appellierte an ihre sportlichen Instinkte.

Plötzlich hielt der Wagen mit quietschenden Reifen. Ein Mann sprang auf das Trittbrett. Er hielt einen Revolver in der Hand.

«Hände hoch», zischte er.

Prinzessin Poporenskys Hände fuhren blitzschnell in die Höhe, Jane hingegen blickte den Mann bloß verächtlich an und ließ die Hände im Schoß ruhen.

«Fragen Sie ihn, was dieses empörende Benehmen zu bedeuten hat», sagte sie auf Französisch zu ihrer Begleiterin.

Ehe diese jedoch dazu kam, zu antworten, fiel ihr der Mann ins Wort und überschüttete die beiden Frauen mit einem Redeschwall in irgendeiner fremden Sprache.

Jane, die kein Wort verstand, zuckte bloß die Achseln und schwieg. Der Chauffeur war unterdessen von seinem Sitz geklettert und neben den anderen Mann getreten.

«Würde sich die hochedle Dame bitte herausbemühen?», fragte er grinsend.

Den Blumenstrauß wieder dicht vor ihr Gesicht haltend, stieg Jane aus dem Wagen. Prinzessin Poporensky folgte ihr.

«Würde die hochedle Dame nun bitte hier langkommen?» Jane nahm keine Notiz von dem unverschämten Ton des Mannes, sondern ging aus freien Stücken auf ein niedriges, verwinkeltes Haus zu, das etwa hundert Meter entfernt von der Stelle, wo der Wagen gehalten hatte, stand. Die Straße war eine Sackgasse, die in der Zufahrt zu diesem offensichtlich unbewohnten Gebäude mündete.

Der Mann, der noch immer mit seinem Revolver herumfuchtelte, marschierte dicht hinter den beiden Frauen her. Als sie die Vortreppe hinaufstiegen, drängte er sich an ihnen vorbei und riss links eine Tür auf. Sie führte in ein leeres Zimmer, in das man lediglich einen Tisch und zwei Stühle gestellt hatte.

Jane trat ein und setzte sich. Anna Michaelowna folgte ihr. Der Mann schlug die Tür zu und drehte den Schlüssel im Schloss.

Jane ging zum Fenster und blickte hinaus.

«Ich könnte natürlich hinausspringen», meinte sie, «aber ich würde nicht weit kommen. Nein, vorläufig müssen wir wohl hier bleiben und uns mit unserer Lage abfinden. Ob die uns wohl etwas zu essen bringen werden?»

Etwa eine halbe Stunde später wurde ihre Frage beantwortet.

Eine große Terrine dampfender Suppe wurde hereingebracht und vor sie auf den Tisch gestellt. Dazu gab es zwei Stück trockenes Brot.

«Nicht gerade ein fürstliches Mahl», bemerkte Jane fröhlich, während die Tür wieder von außen verschlossen wurde. «Wollen Sie anfangen oder soll ich?»

Die Prinzessin Poporensky winkte schon bei dem Gedanken an Essen entsetzt ab.

«Wie könnte ich einen Bissen hinunterbringen? Wer weiß, in welcher Gefahr sich meine Herrin womöglich befindet?»

«Ach, der passiert nichts», entgegnete Jane trocken. «Ich mache mir eher Sorgen um meine eigene Person. Wissen Sie, diese Leute werden ganz und gar nicht erfreut sein, wenn sie merken, dass sie die Falsche erwischt haben. Ja, sie könnten sogar ausgesprochen unangenehm werden. Nun, ich werde eben so lange wie möglich die hoheitsvolle Großherzogin mimen und, falls sich eine Gelegenheit bietet, schleunigst verschwinden.»

Jane hatte Hunger und aß die Suppe allein auf. Sie hatte einen etwas komischen Beigeschmack, aber sie war heiß und gut gewürzt.

Hinterher fühlte sich Jane schläfrig. Die Prinzessin Poporensky schien lautlos vor sich hin zu weinen. Jane setzte sich möglichst bequem auf dem unbequemen Stuhl zurecht und ließ den Kopf auf die Brust sinken.

Nach wenigen Minuten war sie fest eingeschlafen.

Jane schreckte aus ihrem Schlaf hoch. Irgendwie war ihr zumute, als hätte sie sehr lange geschlafen. Sie spürte einen unangenehmen, dumpfen Druck im Kopf.

Und dann sah sie plötzlich etwas, das sie ruckartig hellwach werden ließ. Sie hatte das leuchtend rote Kleid an.

Sie richtete sich auf und schaute sich um. Ja, sie saß noch immer in dem Zimmer in dem leeren Haus. Alles war noch genauso wie zu dem Zeitpunkt, als sie eingeschlafen war – mit Ausnahme von zwei Tatsachen. Erstens, die Prinzessin Poporensky saß nicht mehr auf dem anderen Stuhl. Und Tatsache Nummer zwei, ihre eigene unerklärliche Verwandlung.

Ich kann das Ganze nicht geträumt haben, dachte Jane, denn hätte ich es geträumt, dann wäre ich nicht hier.

Als sie einen Blick zum Fenster warf, kam ihr ein weiterer bedeutsamer Umstand zu Bewusstsein. Bei ihrer Ankunft hatte strahlende Sonne durchs Fenster geschienen. Jetzt warf das Haus einen langen Schatten auf die sonnenbeschienene Einfahrt.

Das Haus blickt nach Westen, überlegte sie. Als ich einschlief, war es Nachmittag. Also muss es jetzt früh morgens sein. Also war ein Schlafmittel in der Suppe. Also – ach, ich weiß nicht. Das Ganze ist verrückt.

Sie erhob sich und ging zur Tür. Diese war unversperrt. Jane durchsuchte das Haus. Es war still und leer.

Jane drückte die Handflächen gegen ihren schmerzenden Kopf und versuchte nachzudenken. Da fiel ihr Blick auf eine zerrissene Zeitung, die neben der Eingangstür lag. Eine dicke Schlagzeile stach ihr ins Auge.

Amerikanische Gangsterbraut in England, las sie. *Das Mädchen im roten Kleid. Sensationeller Überfall beim Wohltätigkeitsbasar in «Orion House».*

Mit wankenden Knien trat Jane in die Sonne hinaus und ließ sich auf den Eingangsstufen nieder. Während sie las, wurden ihre Augen immer größer.

Der Bericht schilderte knapp folgenden Tatbestand: Unmittelbar nach der Abfahrt der Großherzogin Pauline hatten drei Männer und eine junge Frau in einem roten Kleid plötzlich Schusswaffen gezogen und damit die Menge in Schach gehalten. Sie hatten die hundert Perlen an sich genommen und in einem schnellen Sportwagen die Flucht ergriffen. Bisher war noch keine Spur von ihnen gefunden worden. Wie verlautet, habe die junge Frau im roten Kleid zuvor unter dem Namen einer Miss Montresor aus New York im Hotel «Blitz» gewohnt.

«Ich bin erledigt», stöhnte Jane. «Absolut erledigt. Ich habe ja von Anfang an gewusst, dass ein Haken dran war.»

Und dann zuckte sie zusammen. Ein sonderbares Geräusch durchschnitt die Stille. Es war die Stimme eines Mannes, der in kurzen Abständen immer wieder das gleiche Wort hervorstieß.

«Verdammt», schimpfte die Stimme. «Verdammt.» Und gleich darauf wieder: «Verdammt!»

Jane durchrieselte es kalt. Das Wort drückte so haargenau ihre eigenen Gefühle aus. Sie lief die Stufen hinunter. Am Fuß der Treppe lag ein junger Mann, der sich mühte, den Kopf vom Erdboden zu erheben. Sein Gesicht erschien Jane als eines der nettesten, das sie je gesehen. Es war voller Sommersprossen und trug einen liebenswürdig-ironischen Zug.

«Verdammt, mein Kopf», stöhnte der junge Mann. «Verdammt –»

Er unterbrach sich plötzlich und starrte zu Jane hinauf.

«Ich muss träumen», sagte er schwach.

«Das Gleiche habe ich auch gesagt», entgegnete Jane. «Aber wir träumen nicht. Was ist mit Ihrem Kopf los?»

«Jemand hat mir einen Schlag über den Schädel gegeben. Gott sei Dank habe ich einen ziemlich harten Schädel.»

Er setzte sich mühsam auf und verzog das Gesicht. «Mein Gehirn wird hoffentlich auch bald wieder funktionieren. Ich bin noch immer am gleichen Ort, wie ich sehe.»

«Wie sind Sie denn hierher gekommen?», fragte Jane neugierig.

«Das ist eine lange Geschichte. Übrigens, sind Sie nicht diese Großherzogin Dingsda? Hab ich nicht Recht?»

«Nein, die bin ich nicht. Ich heiße schlicht Jane Cleveland.»

«Na, immerhin sehen Sie nicht schlicht aus», witzelte der junge Mann, wobei er sie jedoch mit unverhohlener Bewunderung musterte.

Jane wurde rot.

«Ich sollte Ihnen wohl ein Glas Wasser bringen, nicht wahr?», fragte sie unsicher.

«Ich glaube, das ist in solchen Fällen üblich», stimmte der junge Mann zu. «Trotzdem würde ich eigentlich lieber einen Schluck Whisky haben, falls Sie einen auftreiben können.»

Jane fand keinen Whisky. Der Junge Mann trank stattdessen einen großen Schluck Wasser und verkündete hinterher, nun fühle er sich besser.

«Soll ich Ihnen jetzt mein Abenteuer erzählen, oder wollen Sie mir Ihres erzählen?», fragte er dann.

«Sie zuerst.»

«Meins ist eigentlich eher banal. Ich bemerkte zufällig, dass die Großherzogin bei dem bewussten Basar mit flachen Schuhen in ein Zimmer hineinging und mit hochhackigen Schuhen wieder herauskam. Das fand ich irgendwie sonderbar. Und sonderbare Dinge reizen meine Neugier.

Ich fuhr also mit meinem Motorrad hinter ihrem Wagen her. Ich sah, wie Sie in dieses Haus gebracht wurden. Etwa zehn Minuten später kam ein großer Sportwagen angerast. Eine junge Frau in Rot und drei Männer stiegen aus. Die Frau trug tatsächlich flache Schuhe. Die vier gingen ins Haus. Kurz darauf kam die Frau in einem schwarzweiß gemusterten Kleid heraus und fuhr, begleitet von einer alten

Weibsperson und einem großen Mann mit blondem Bart, in dem ersten Wagen davon. Die anderen fuhren im Sportwagen ab. Ich dachte, jetzt seien alle weg, und wollte gerade durch das Fenster dort klettern, um Sie zu retten, als mir irgendjemand von hinten eins über den Schädel gab. Das ist alles. Jetzt sind Sie dran.»

Jane erzählte, was ihr widerfahren war.

«Und es ist ein Riesenglück für mich, dass Sie hinter uns hergefahren sind», schloss sie.

«Denn denken Sie nur, in was für einer schrecklichen Situation ich sonst wäre. Die Großherzogin hätte ein hieb- und stichfestes Alibi. Sie verließ den Basar vor dem Überfall und kam in ihrem Wagen in London an. Würde mir da irgendein Mensch auf der Welt meine total unmögliche Geschichte geglaubt haben?»

«Nie im Leben», versicherte der junge Mann.

Die beiden waren so in ihre gegenseitigen Erzählungen vertieft, dass sie ihre Umgebung völlig vergessen hatten. Nun blickten sie auf und sahen erschrocken einen hoch gewachsenen, grämlich blickenden Mann an der Hauswand lehnen. Er nickte ihnen zu.

«Sehr interessant», bemerkte er.

«Wer sind Sie?», fragte Jane scharf.

Der grämlich blickende Mann blinzelte leicht belustigt.

«Kriminalinspektor Farrell», sagte er sanft. «Es wäre uns wohl tatsächlich ein bisschen schwer gefallen, Ihrer Erzählung Glauben zu schenken, wenn sich da nicht ein oder zwei Dinge ereignet hätten.»

«Nämlich?»

«Ja, sehen Sie, wir haben zum Beispiel heute Morgen erfahren, dass die echte Großherzogin in Paris mit einem Chauffeur durchgebrannt ist.»

Jane schnappte nach Luft.

«Außerdem wussten wir, dass sich diese bewusste amerikanische Gangsterbraut seit kurzem in England aufhielt, und haben mit einem Coup von ihr gerechnet. Wir werden die Bande sehr schnell geschnappt haben, verlassen Sie sich darauf. Entschuldigen Sie mich bitte einen Moment.»

Er lief die Stufen hinauf ins Haus.

«So was!», stieß Jane hervor. Nach einer Pause erklärte sie unvermittelt: «Ich finde es riesig intelligent von Ihnen, dass Sie den Trick mit den Schuhen bemerkt haben.»

«Durchaus nicht», entgegnete der junge Mann. «Ich bin im Schuhgeschäft groß geworden. Mein Vater ist so eine Art Schuhkönig. Er wollte, dass ich in seine Fußstapfen trete, ein solides Leben führe und heirate und so. Niemand Spezielles – bloß im Prinzip. Aber ich wollte lieber Künstler werden.» Er seufzte.

«Ach, das tut mir aber Leid», erklärte Jane mitfühlend.

«Seit sechs Jahren versuche ich es nun. Und es hat keinen Zweck, sich etwas vorzumachen: Ich bin ein miserabler Maler. Ich hätte gute Lust, das Ganze hinzuwerfen und wie der verlorene Sohn nach Hause zurückzukehren. Dort wartet ein guter Job auf mich.»

«Ach ja, ein Job ist etwas Fabelhaftes», seufzte Jane. «Glauben Sie, Sie könnten mir vielleicht einen besorgen – als Schuhverkäuferin oder so?»

«Ich wüsste einen besseren für Sie – falls Sie ihn annehmen wollen.»

«Oh, was für einen?»

«Egal, das erzähle ich Ihnen später. Wissen Sie, bis gestern bin ich noch nie einem Mädchen begegnet, das ich hätte heiraten mögen.»

«Gestern?»

«Bis zu dem Wohltätigkeitsbasar. Da habe ich sie gesehen – diejenige welche!»

Er blickte Jane fest an.

«Wie hübsch der Rittersporn blüht», stotterte Jane errötend.

«Das sind Lupinen», verbesserte der junge Mann.

«Macht nichts», sagte Jane.

«Macht überhaupt nichts», stimmte er zu. Und er rückte ein bisschen näher an Jane heran.

Die Zigeunerin

Macfarlane hatte oft beobachtet, dass sein Freund Dickie Carpenter eine merkwürdige Abneigung gegenüber Zigeunern hatte. Den Grund dafür hatte er allerdings nie erfahren. Als jedoch Dickies Verlobung mit Esther Lawes gelöst wurde, existierte die Zurückhaltung, die zwischen den beiden Männern noch bestand, für einen kurzen Augenblick nicht mehr.

Macfarlane war mit Rachel, der jüngeren Schwester von Esther, seit ungefähr einem Jahr verlobt. Seit ihrer Kindheit kannte er die beiden Lawes-Töchter. In allen Dingen langsam und vorsichtig, hatte er sich widerwillig eingestanden, dass Rachels kindliches Gesicht und ihre ehrlichen braunen Augen einen zunehmenden Reiz auf ihn ausübten. Eine Schönheit wie Esther war sie nicht – o nein! Aber unsagbar wahrhaftiger und süßer. Durch Dickies Verlobung mit der älteren Schwester schien das Band zwischen den beiden Männern nun noch enger geworden zu sein. Und jetzt, nach einigen kurzen Wochen, war diese Verlobung wieder gelöst, und Dickie, der arme Dickie, war ziemlich betroffen. Bisher war in seinem jungen Leben alles so glatt verlaufen. Seine Karriere in der Marine war ein guter Einfall gewesen; die Sehnsucht nach dem Meer war ihm angeboren. Irgendwie hatte er etwas von einem Wikinger an sich: Einfach und direkt war er, und gedankliche Spitzfindigkeiten waren bei ihm vergeudet. Er gehörte zu jener unausgeprägten Art junger Engländer, die jede Gefühlsregung verabscheuen und denen es besonders schwer fällt, geistige Vorgänge in Worten auszudrücken.

Macfarlane, dieser verschlossene Schotte mit seiner keltischen Phantasie, die irgendwo verborgen schlummerte, lauschte und rauchte, während sein Freund sich durch ein Meer von Worten kämpfte. Er hatte gewusst, was kommen würde: Dass sein Freund sich alles von der Seele reden musste. Allerdings hatte er mit einem anderen Thema gerechnet. Jedenfalls fiel der Name Esther Lawes nicht ein einziges Mal. Anscheinend war es die Geschichte irgendeines kindlichen Entsetzens.

«Angefangen hat es mit einem Traum, den ich als Kind träumte. Kein richtiger Alptraum. Sie – die Zigeunerin, weißt du – tauchte bloß immer wieder in jedem Traum auf – selbst in guten Träumen (oder was ein Kind sich unter einem guten Traum vorstellt: eine Kindergesellschaft mit Knallbonbons und solchen Sachen). Ich hatte immer einen Mordsspaß dabei, und dann hatte ich plötzlich das Gefühl, dann wusste ich plötzlich ganz genau: Wenn ich jetzt hinschaue, ist sie da, steht sie da wie immer und beobachtet mich... Mit traurigen Augen, verstehst du, als wüsste sie irgendetwas, das ich nicht wusste... Warum es mich so aufregte, kann ich nicht sagen; aber aufregen tat es mich! Jedesmal! Schreiend vor Entsetzen wachte ich immer auf, und mein altes Kindermädchen sagte dann: ‹Aha! Master Dickie hat wieder einmal seinen alten Zigeunertraum gehabt!›»

«Hast du irgendwann einmal etwas mit richtigen Zigeunern erlebt?»

«Das war erst viel später. Aber auch das war komisch. Ich war hinter meinem kleinen Hund her, der weggerannt war. Erst lief ich durch das Gartentor und dann einen Waldweg entlang. Damals wohnten wir nämlich in New Forest, weißt du. Schließlich kam ich auf eine Art Lichtung, und über einen kleinen Fluss führte eine Holzbrücke. Und genau vor der Brücke stand eine Zigeunerin – mit einem roten Tuch um den Kopf –, genau wie in meinem Traum. Und ich bekam sofort einen entsetzlichen Schrecken! Sie sah mich an, verstehst du ... Mit genau demselben Blick – als wüsste sie irgendetwas, das ich nicht wusste, und als machte es sie traurig ... Und dann sagte sie ganz ruhig, und dabei nickte sie mir zu: ‹*Ich an deiner Stelle würde nicht hinübergehen.*› Den Grund kann ich dir nicht sagen, aber ich erschrak jedenfalls fast zu Tode. An ihr vorbei rannte ich auf die Brücke. Wahrscheinlich war sie morsch. Jedenfalls stürzte sie ein, und ich fiel in den Fluss. Die Strömung war ziemlich stark, und beinahe wäre ich ertrunken. Gemein, wenn man fast ersäuft. Ich habe es nie vergessen. Und ich hatte das Gefühl, dass es mit der Zigeunerin zu tun hatte ...»

«Genaugenommen hat sie dich doch vorher gewarnt?»

«So kann man es wahrscheinlich auch ansehen.» Dickie verstummte und fuhr dann fort: «Diese Geschichte von meinem Traum habe ich dir nicht erzählt, weil er etwas mit dem zu tun hat, was später passierte – wenigstens glaube ich es nicht –, sondern weil mein Traum der Ausgangspunkt ist. Sicher verstehst du jetzt, was ich mit ‹Zigeunergefühl› meine. Dann will ich dir vom ersten Abend bei den Lawes erzählen. Ich war damals gerade von der Westküste gekommen. Ein komisches Gefühl war es, wieder einmal in England zu sein. Die Lawes waren alte Freunde meiner Eltern. Als ich ungefähr sieben war, hatte ich die Mädchen zum letztenmal gesehen; aber der junge Arthur war ein guter Freund von mir, und als er gestorben war, schrieb Esther immer an mich und schickte mir Zeitungen. Mordsmäßig lustige Briefe schrieb sie! Und immer versuchte sie, meine Laune aufzubessern. Wenn ich doch nur mehr Talent zum Schreiben gehabt hätte! Jedenfalls war ich verdammt gespannt, sie endlich wiederzusehen; irgendwie war es schon komisch, ein Mädchen nur durch Briefe und sonst gar nicht zu kennen. Jedenfalls fuhr ich als Erstes zu den Lawes. Als ich ankam, war Esther gerade nicht da, wollte jedoch abends wieder zurück sein. Beim Abendbrot saß ich neben Rachel, und als ich mir die anderen ansah, die noch am Tisch saßen, überkam mich ein komisches Gefühl. Ich bemerkte, dass irgendjemand mich beobachtete, und das störte mich irgendwie. Dann sah ich sie …»

«Wen?»

«Mrs Haworth – von der erzähle ich doch die ganze Zeit.»

Macfarlane lag es auf der Zunge zu sagen: Und ich dachte, du erzähltest von Esther Lawes. Aber er schwieg, und Dickie berichtete weiter.

«Irgendetwas war bei ihr ganz anders als bei den übrigen. Sie saß neben dem alten Lawes – mit gesenktem Kopf hörte sie ihm aufmerksam zu. Um den Hals hatte sie irgendetwas aus diesem roten Seidenzeug. Wahrscheinlich war es ein bisschen ausgefranst; jedenfalls sah es so aus, als flackerten hinter ihrem Kopf lauter kleine Flammen … Ich fragte Rachel: ‹Wer ist die Frau da drüben? Die Dunkle – mit dem roten Tuch?›

‹Meinst du Alistair Haworth? Ein rotes Tuch trägt sie zwar – aber sonst ist sie blond, sehr blond sogar.›

Und das stimmte – verstehst du? Ihr Haar war von einem hinreißend hellen und leuchtenden Blond. Trotzdem hätte ich schwören können, dass sie schwarzes Haar hatte. Komisch, wie sogar die Augen einem einen Streich spielen können … Nach dem Abendbrot machte Rachel uns bekannt, und wir gingen im Garten auf und ab. Wir sprachen über Seelenwanderung …»

«Nicht ganz dein Spezialgebiet, Dickie!»

«Wahrscheinlich nicht. Aber ich weiß noch, dass ich sagte, ich hielte es für eine ziemlich vernünftige Erklärung, wenn man irgendwelche Leute von irgendwoher zu kennen glaubte – als wäre man ihnen schon einmal begegnet. Sie sagte: ‹Sie meinen Liebende …› An der Art und Weise, wie sie es sagte, war etwas merkwürdig – es klang so sanft und gespannt. Es erinnerte mich – aber an was, wusste ich nicht. Wir redeten noch ein bisschen weiter, und dann rief uns der alte Lawes von der Terrasse: Esther sei gekommen und wolle mich begrüßen. Mrs Haworth legte ihre Hand auf meinen Arm und sagte. ‹Sie gehen hin?› – ‹Ja›, sagte ich, ‹wir müssen wohl.› Und dann – dann …»

«Weiter!»

«Es klingt so blödsinnig. Aber Mrs Haworth sagte: ‹*Ich an Ihrer Stelle würde nicht hingehen …*›» Er schwieg einen Augenblick. «Ich bekam einen entsetzlichen Schrecken, verstehst du? Deswegen habe ich dir vorhin die Geschichte von dem Traum erzählt … Weil sie es nämlich in genau demselben Ton sagte – ganz ruhig, als wüsste sie irgendetwas, das ich nicht wusste. Es ging nicht darum, dass sie eine hübsche Frau war, die mit mir noch im Garten bleiben wollte. Ihre Stimme klang ganz freundlich – und sehr bedrückt. Als wüsste sie beinahe, was noch kommen würde … Wahrscheinlich war es unhöflich von mir, aber ich drehte mich einfach um und ließ sie stehen – ich rannte fast zum Haus. Dort schien ich geborgen zu sein. Erst in diesem Moment merkte ich, dass ich von Anfang an vor ihr Angst gehabt hatte. Und ich war erleichtert, als ich dem alten Lawes gegenüberstand. Neben ihm stand Esther …»

Er zögerte einen Augenblick, und dann murmelte er ziemlich unverständlich: «In dem Moment, in dem ich sie sah, war alles klar. Da wusste ich, dass es mich erwischt hatte.»

Macfarlanes Gedanken wanderten schnell zu Esther Lawes. Er hatte einmal gehört, wie jemand ihre ganze Erscheinung in einem einzigen Satz zusammengefasst hatte: «Ein Meter achtzig jüdische Vollkommenheit.» Ein sehr gescheites Porträt, überlegte er, als er sich ihrer ungewöhnlichen Größe und ihrer schmalen Schlankheit, der marmornen

Blässe ihres Gesichts mit der feinen gebogenen Nase und der schwarzen Pracht ihres Haars und ihrer Augen erinnerte. Ja, es verwunderte ihn nicht, dass Dickies jungenhafte Einfachheit davor kapituliert hatte. Sein eigenes Herz konnte Esther zwar nicht zum schnelleren Schlagen bringen – aber er musste zugeben, dass sie wunderschön war.

«Und dann», fuhr Dickie fort, «verlobten wir uns.»

«Gleich.»

«Nein – aber nach ungefähr einer Woche. Anschließend brauchte sie ungefähr vierzehn Tage, um festzustellen, dass ihr eigentlich nicht viel daran lag …» Er lachte verbittert auf.

«Es war am letzten Abend vor meiner Rückfahrt zu dem alten Kahn. Ich war im Dorf gewesen, ging gerade durch den Wald – und da sah ich sie wieder – ich meine: Ich sah Mrs Haworth. Sie trug eine rote Baskenmütze, und ich fuhr zusammen – nur einen einzigen Moment, verstehst du? Die Geschichte mit meinem Traum habe ich dir bereits erzählt, so dass du es wahrscheinlich begreifst … Wir gingen ein Stück zusammen. Übrigens hätte Esther ruhig alles hören können, was wir sagten – verstehst du …»

«Ach?» Macfarlane blickte seinen Freund neugierig an. Seltsam, dass die Menschen einem Dinge erzählen, die ihnen überhaupt nicht bewusst sind!

«Und als ich mich dann umdrehte, um zum Haus zurückzugehen, hielt sie mich fest. ‹Sie werden noch zeitig genug kommen›, sagte sie. *‹Ich an Ihrer Stelle würde mich nicht so beeilen …›* Und in diesem Moment wusste ich Bescheid – wusste ich genau, dass irgendetwas Gemeines auf mich wartete … und … und kaum war ich im Haus, traf ich Esther, und sie sagte – sie hätte gemerkt, dass ihr doch nicht so viel daran liege …»

Macfarlane knurrte mitfühlend. «Und Mrs Haworth?», fragte er.

«Ich habe sie nie wiedergesehen – bis heute Abend.»

«Heute Abend?»

«Ja. Vorhin im Lazarett. Ich musste wegen meines Beines hin, das damals bei der Torpedogeschichte ein bisschen lädiert worden ist. In letzter Zeit hatte es mir Kummer gemacht. Der alte Knabe riet zur Operation – es wäre eine ganz einfache Geschichte. Als ich weggehen wollte, prallte ich mit einem Mädchen zusammen, das über ihrer Schwesterntracht einen roten Pullover trug. Und dieses Mädchen sagte: ‹*Ich an Ihrer Stelle würde mich nicht operieren lassen…*› Da erst merkte ich, dass es Mrs Haworth war. Sie ging aber so schnell weiter, dass ich sie nicht festhalten konnte. Ich traf dann eine andere Schwester und erkundigte mich nach ihr. Die Schwester sagte jedoch, eine Frau, die so hieße, sei nicht im Lazarett… Komisch…»

«Und sie war es bestimmt?»

«Aber ja. Verstehst du denn nicht – sie ist sehr schön…»

Er schwieg einen Augenblick und fügte dann hinzu: «Natürlich lasse ich mich operieren – klar… Aber – falls ich tatsächlich an der Reihe sein sollte…»

«Unsinn!»

«Natürlich ist es Unsinn! Und trotzdem bin ich froh, dass ich dir die Geschichte mit der Zigeunerin erzählt habe… Weißt du, an sich wollte ich dir noch etwas erzählen, aber im Moment fällt es mir einfach nicht ein…»

Macfarlane wanderte die ansteigende Heidestraße entlang. Am Gartentor des Hauses, das fast auf der Kuppe des Hügels lag, bog er ab. Mit entschlossen zusammengebissenen Zähnen klingelte er.

«Ist Mrs Haworth zu sprechen?»

«Ja, Sir. Ich sage sofort Bescheid.» Das Dienstmädchen ließ ihn in einem niedrigen langen Raum allein, dessen Fenster auf die Wildnis der Heidelandschaft hinausgingen. Nachdenklich zog er die Stirn kraus. Würde er sich jetzt vielleicht maßlos lächerlich machen?

Dann fuhr er zusammen. Über ihm sang eine leise Stimme:

Die Zigeunerin
wohnt auf der Heide...

Die Stimme brach ab. Macfarlanes Herz schlug eine Spur schneller. Die Tür ging auf.

Ihre verwirrende, beinahe skandinavische Blondheit wirkte auf ihn wie ein Schock. Trotz Dickies Schilderung hatte er sich vorgestellt, sie wäre schwarz wie eine Zigeunerin... Und plötzlich fielen ihm Dickies Worte und ihr merkwürdiger Klang wieder ein: *«Verstehst du denn nicht – sie ist sehr schön...»* Vollkommene, unantastbare Schönheit ist selten, und vollkommene, unantastbare Schönheit war genau das, was Mrs Haworth besaß.

Er riss sich zusammen und ging ihr entgegen. «Ich fürchte, Sie werden nicht einmal meinen Namen kennen; Ihre Adresse bekam ich von den Lawes. Aber – ich bin ein Freund von Dickie Carpenter.»

Prüfend sah sie ihn eine Weile an. Dann sagte sie: «Ich wollte spazieren gehen. Auf der Heide. Kommen Sie mit?»

Sie stieß die Terrassentür auf und trat auf den Hang hinaus. Er folgte ihr. Ein schwerer, fast einfältig aussehender Mann saß rauchend in einem Korbsessel.

«Mein Mann! Wir gehen ein bisschen spazieren, Maurice. Und anschließend isst Mr Macfarlane mit uns zu Mittag. Das tun Sie doch, nicht wahr?»

«Vielen Dank.» Er folgte ihrem leichten Schritt den Hügel hinauf und überlegte dabei: Warum? Warum, um Himmels willen, hat sie solch einen Mann geheiratet?

Alistair bahnte sich einen Weg zu einigen Felsen. «Hier setzen wir uns hin. Und Sie erzählen – wozu Sie hierher gekommen sind.»

«Sie wissen es also schon?»

«Ich weiß immer, wann schlimme Dinge bevorstehen. Es ist schrecklich, nicht wahr? Das mit Dickie?»

«Er unterzog sich einer leichten Operation – die erfolgreich verlief. Sein Herz muss jedoch schwach gewesen sein. Er starb während der Narkose.»

Was er auf ihrem Gesicht zu entdecken gehofft hatte, wusste er nicht genau – kaum jedoch jenen Ausdruck tiefster Erschöpfung... Er hörte, wie sie murmelte: «Wieder – so lange – so lange – warten...» Dann blickte sie auf. «Was wollten Sie sagen?»

«Nur das eine: Irgendjemand warnte ihn vor der Operation. Eine Schwester. Er glaubte, Sie wären es gewesen. Stimmt das?»

Sie schüttelte den Kopf. «Nein – ich bin es nicht gewesen. Aber ich habe eine Kusine, die Krankenschwester ist. Im Zwielicht sieht sie mir ziemlich ähnlich. So wird es wahrscheinlich gewesen sein.» Sie schaute zu ihm hoch. «Aber das ist doch nicht so wichtig, nicht wahr?» Und dann wurden ihre Augen plötzlich ganz groß. Sie hielt den Atem an. «Oh!», sagte sie. «Oh! Wie merkwürdig! Sie begreifen nicht...»

Macfarlane war verblüfft. Immer noch starrte sie ihn an.

«Ich dachte, Sie müssten... Sie sollten es eigentlich. Sie sehen aus, als könnten Sie es auch...» Alistair verstummte.

«Was denn?»

«Als hätten Sie die Gabe – oder den Fluch; nennen Sie es, wie Sie wollen. Ich glaube, Sie haben es auch. Schauen Sie ganz genau auf diese Vertiefung im Gestein. Denken Sie gar nichts; sehen Sie bloß hin … Ah!», sagte sie plötzlich und erschauerte. «Und – haben Sie etwas gesehen?»

«Es muss Einbildung gewesen sein. Für einen kurzen Augenblick sah es so aus, als wäre sie voll mit – Blut!»

Sie nickte. «Ich wusste, dass Sie es können. Das hier ist die Stelle, an der die Sonnenanbeter ihr Opfer darbrachten. Ich wusste es, bevor man es mir erzählte. Und manchmal weiß ich sogar, was sie dabei empfanden – als wäre ich selbst dabei gewesen … Und die Heide hat etwas, das mir das Gefühl gibt, als kehrte ich langsam zurück … Dass ich diese Gabe besitze, ist nur natürlich. Schließlich bin ich eine Fergusson. Das zweite Gesicht liegt in der Familie. Und bevor mein Vater sie heiratete, war meine Mutter ein Medium. Christine hieß sie. Sie war sehr berühmt.»

«Meinen Sie mit ‹Gabe› die Fähigkeit, Dinge zu sehen, bevor sie geschehen?»

«Ja – vorher und hinterher, das ist dasselbe. Zum Beispiel sah ich, wie Sie überlegten, warum ich Maurice geheiratet hätte – o ja, das haben Sie! Die Erklärung ist ganz einfach: Ich habe immer gewusst, dass irgendetwas Entsetzliches drohend über ihm hängt … Davor möchte ich ihn bewahren … Frauen sind nun einmal so. Mit meiner Gabe sollte ich eigentlich in der Lage sein, es zu verhindern – wenn es überhaupt zu verhindern ist. Dickie konnte ich nicht helfen. Und Dickie wollte es auch nicht begreifen … Er hatte Angst. Er war noch sehr jung.»

«Zweiundzwanzig.»

«Und ich bin dreißig. Aber das meinte ich nicht. Es gibt so viele Arten, voneinander getrennt zu werden: Durch Länge und Höhe und Breite … aber durch die Zeit getrennt zu sein, ist das Schlimmste …» Sie versank in ein langes grübelndes Schweigen.

Der gedämpfte Klang eines Gongs, der vom Haus herauf drang, störte sie auf.

Beim Mittagessen beobachtete Macfarlane ihren Mann, Maurice Haworth. Zweifellos war Mr Haworth in seine Frau sehr verliebt. In seinen Augen lag die fraglose, glückliche Zuneigung eines Hundes. Macfarlane bemerkte auch die Zärtlichkeit, mit der sie darauf reagierte und die einen Anflug von Mütterlichkeit hatte. Nach dem Essen verabschiedete er sich.

«Ich bleibe für einen Tag – oder auch zwei – unten im Gasthaus. Darf ich noch einmal heraufkommen und Sie wiedersehen? Morgen vielleicht?»

«Selbstverständlich. Aber...»

«Ja?»

Sie fuhr mit der Hand über die Augen. «Ich weiß nicht. Ich – ich glaube fast, wir sollten uns nicht noch einmal sehen. Das ist alles. Auf Wiedersehen.»

Langsam ging Macfarlane die Straße hinunter. Gegen seinen Willen schien eine eisige Hand sein Herz umklammert zu haben. Nicht wegen ihrer Worte, natürlich, sondern...

Ein Wagen fegte durch die Kurve. Er presste sich an die Hecke – gerade noch rechtzeitig. Eine merkwürdige graue Blässe überzog sein Gesicht...

«Um Himmels willen – meine Nerven sind zum Teufel», knurrte Macfarlane, als er am folgenden Morgen aufwachte. Nüchtern rief er sich die Ereignisse des vergangenen Nachmittags ins Gedächtnis. Der Wagen, der Abkürzungsweg zum Gasthaus und der plötzliche Nebel, der ihn vom Weg abgebracht hatte, und dazu das Bewusstsein, dass ganz in der Nähe gefährliches Sumpfgebiet lag; dann die Schornsteinhaube, die vom Gasthof heruntergefallen war, und der Brandgeruch nachts, der von einem glimmenden Holzstück stammte, das auf dem Vorleger seines Kamins gelegen hatte. Es hatte nichts zu bedeuten! Gar nichts hatte es zu bedeuten – aber dazu ihre Worte und die tiefe, von ihm gar nicht bemerkte Gewissheit in seinem Herzen, dass sie Bescheid wusste ...

In einem plötzlichen Anfall schleuderte er die Bettdecke weg. Er musste aufstehen, und als Erstes musste er sie sprechen. Das würde den Bann brechen. Vorausgesetzt allerdings, er würde heil hinkommen ... Himmel, was war er doch für ein Idiot!

Zum Frühstück konnte er kaum etwas essen. Als es zehn Uhr schlug, befand er sich bereits auf dem Weg. Um zehn Uhr dreißig drückte seine Hand auf die Klingel. Erst dann, nicht einen Augenblick früher, erlaubte er sich einen tiefen Atemzug der Erleichterung. «Ist Mrs Haworth da?»

Es war dieselbe ältere Frau, die ihm gestern aufgemacht hatte. Ihr Gesicht war jedoch völlig verändert – von Gram zerfurcht.

«O Sir! O Sir – haben Sie es denn noch nicht gehört?»

«Was gehört?»

«Miss Alistair, das arme Schäfchen! Ihre Tropfen! Jeden Abend nahm sie sie. Der arme Captain ist außer sich – fast wahnsinnig ist er. In der Dunkelheit hat er die falsche Flasche vom Bord genommen ... Der Doktor wurde zwar gleich geholt, aber es war zu spät ...»

Und dann fielen Macfarlane plötzlich wieder ihre Worte ein: *«Ich habe immer gewusst, dass irgendetwas Entsetzliches drohend über ihm hängt ... Davor möchte ich ihn bewahren – wenn es überhaupt zu verhindern ist ...»* Aber das Schicksal lässt sich nicht betrügen ... Seltsames Verhängnis der Vision, das zerstört hatte, wo es zu retten versuchte ...

Die alte Frau fuhr fort: «Mein armes Lämmchen! So süß und so freundlich war sie immer, und so Leid tat es ihr, wenn irgendwo Kummer herrschte. Sie konnte es nicht ertragen, dass jemand verletzt wurde.» Sie zögerte, fügte dann jedoch hinzu: «Möchten Sie nach oben gehen und sie noch einmal sehen, Sir? Nach allem, was sie sagte, nehme ich an, dass Sie sie schon seit langem kennen. Seit sehr langer Zeit, sagte sie ...»

Macfarlane folgte der alten Frau die Treppe hinauf in das Zimmer, das über dem Wohnraum lag, wo er tags zuvor ihre singende Stimme gehört hatte. Im oberen Teil der Fenster war buntes Glas eingelassen. Es warf rotes Licht auf das Kopfende des Bettes ... *Eine Zigeunerin mit einem roten Tuch um den Kopf* ... Unsinn! Seine Nerven spielten ihm schon wieder einen Streich. Lange schaute er Alistair Haworth zum letzten Mal an.

«Eine Dame möchte Sie sprechen, Sir.»

«Was ist?» Geistesabwesend sah Macfarlane seine Wirtin an. «Oh, Verzeihung, Mrs Rowse, ich fange schon an, Gespenster zu sehen.»

«Wirklich, Sir? Nach Einbruch der Dunkelheit kann man auf der Heide manchmal schon merkwürdige Dinge sehen; das weiß ich. Einmal ist es die Weiße Dame, dann wieder der Teufelsschmied, oder auch der Seemann und die Zigeunerin ...»

«Was sagten Sie eben? Der Seemann und die Zigeunerin?»

«Das behaupten die Leute wenigstens, Sir. Als ich noch jung war, erzählten die Leute eine Geschichte darüber. Vor einer ganzen Weile hätten die beiden sich geliebt und zerstritten ... Aber jetzt sind sie schon lange Zeit nicht mehr gesehen worden.»

«Wirklich? Vielleicht, dass sie – möglicherweise – jetzt wieder ...»

«Um Gottes willen, Sir! Sagen Sie so etwas nicht! Und die junge Dame ...»

«Welche junge Dame?»

«Die Sie sprechen möchte. Sie ist im Gastzimmer. Eine Miss Lawes – so hat sie gesagt.»

«Oh!»

Rachel! Er verspürte ein seltsames Gefühl des Zusammenziehens, ein Verschieben der Perspektiven. Heimlich hatte er in eine andere Welt hineingeschaut. Rachel hatte er darüber vergessen, denn Rachel gehörte allein zu diesem Leben... Wieder dieses merkwürdige Verschieben der Perspektiven, dieses Zurückgleiten in eine Welt mit nur drei Dimensionen.

Er öffnete die Tür zum Gastzimmer. Rachel – mit ihren ehrlichen braunen Augen. Und plötzlich, als erwache er aus einem Traum, überwältigte ihn eine warme Welle freudiger Wirklichkeit. Er lebte – lebte! Und er überlegte: Es gibt immer nur ein einziges Leben, dessen man ganz sicher sein kann! Das ist dieses Leben!

«Rachel!», sagte er, legte seine Fingerspitzen unter ihr Kinn und küsste ihre Lippen.

Spiegelbild

Ich habe keine Erklärung für die folgende Geschichte, keine Theorie über das Wie und Warum. Es ist einfach etwas, das geschah.

Dennoch frage ich mich zuweilen, wie sich die Dinge entwickelt haben würden, wenn ich damals jenes eine wesentliche Detail bemerkt hätte, dessen eigentliche Bedeutung mir erst so viele Jahre danach zu Bewusstsein kam. Hätte ich es bemerkt – nun, ich glaube, das Leben dreier Menschen hätte einen völlig anderen Verlauf genommen. Irgendwie ist das ein sehr erschreckender Gedanke.

Angefangen hat alles im Sommer 1914 – unmittelbar vor Ausbruch des Krieges –, als ich mit Neil Carlslake nach «Badgeworthy» fuhr. Neil war damals, denke ich, mein bester Freund. Ich kannte auch seinen Bruder Alan, aber nicht so gut. Ihrer Schwester Sylvia war ich nie begegnet. Sie war zwei Jahre jünger als Alan und drei Jahre jünger als Neil. Während unserer gemeinsamen Schulzeit hatte ich zweimal einen Teil der Sommerferien bei Neil in «Badgeworthy» verbringen sollen, und beide Male war etwas dazwischengekommen. So kam es, dass ich das Zuhause von Neil und Alan erst kennen lernte, als ich schon dreiundzwanzig war.

Wir sollten dort eine ziemlich große Gesellschaft sein. Neils Schwester Sylvia hatte sich gerade mit einem Mann namens Charles Crawley verlobt. Er war, wie mir Neil sagte, ein gutes Stück älter als sie, aber ein überaus anständiger Kerl und obendrein recht vermögend.

Wir kamen, wenn ich mich recht erinnere, gegen sieben Uhr abends an. Die anderen waren alle bereits auf ihre Zimmer gegangen, um sich fürs Abendessen umzukleiden. Neil brachte mich zu meinem Quartier. «Badgeworthy» war ein reizendes altes Haus, das im Lauf der letzten drei Jahrhunderte durch zahlreiche An- und Umbauten erweitert worden war und in dem an den unerwartetsten Stellen kleine Stufen und Treppen hinauf- oder hinunterführten. Kurz gesagt, es war ein Haus, in dem es nicht leicht war sich zurechtzufinden. Ich entsinne mich, dass Neil versprach, auf dem Weg hinunter zum Abendessen bei mir vorbeizukommen und mich abzuholen. Mir war ein wenig beklommen zumute bei dem Gedanken, zum ersten Mal seine ganze Familie kennen zu lernen. Ich weiß noch, dass ich lachend bemerkte, in einem solchen Haus habe man das Gefühl, man könne in den Gängen jederzeit einem Geist begegnen, und dass er darauf leichthin erwiderte, es gehe tatsächlich das Gerücht um, dass es in dem Hause spuke, doch habe keiner von der Familie jemals etwas dergleichen wahrgenommen und er wisse nicht einmal, in welcher Gestalt der Spuk sich angeblich zeige.

Dann ging er, und ich machte mich daran, meinen Abendanzug aus dem Koffer zu kramen. Die Carlslakes waren nicht vermögend; sie konnten mit Mühe ihren alten Familiensitz halten, und es gab keine Diener, die einem die Koffer auspackten oder beim Ankleiden behilflich waren.

Nun, ich war schließlich soweit fertig, dass ich mir nur noch die Krawatte umbinden musste. Ich war dafür vor den Spiegel getreten. Darin sah ich mein Gesicht und meine Schultern und dahinter die Wand des Zimmers – eine einfache, glatte Wand, nur in der Mitte durch eine Tür unterbrochen –, und gerade als ich meine Krawatte fertiggebunden hatte, sah ich, dass diese Tür sich öffnete.

Ich weiß nicht, warum ich mich nicht umdrehte – es wäre wohl das Natürlichste gewesen. Jedenfalls, ich tat es nicht. Ich beobachtete im Spiegel, wie die Tür langsam immer weiter aufging – und blickte in den Raum dahinter.

Es war ein Schlafzimmer, größer als meines, mit zwei Betten darin, und plötzlich stockte mir der Atem.

Denn am Fußende des einen Bettes saß eine junge Frau, und um ihren Hals lagen zwei Männerhände. Der Mann drückte sie mit Gewalt aufs Bett zurück und presste ihr dabei die Kehle zu, so dass die junge Frau langsam erstickte.

Es war nicht der leiseste Irrtum möglich. Was ich sah, war eindeutig. Was dort geschah, war ein Mord.

Ich konnte das Gesicht der Frau deutlich erkennen, ihr leuchtend goldblondes Haar, das maßlose Entsetzen in ihren schönen Zügen, die sich allmählich dunkelrot verfärbten. Von dem Mann sah ich nur den Rücken, die beiden Hände und eine Narbe, die von seiner linken Gesichtshälfte bis zum Hals lief.

Ich habe eine gewisse Zeit gebraucht, um die Szene zu schildern; in Wirklichkeit jedoch vergingen höchstens ein paar Sekunden, während ich wie gelähmt in den Spiegel starrte. Dann fuhr ich herum, der Frau zu Hilfe zu eilen... Und an der Wand hinter mir, der Wand, die ich im Spiegel reflektiert gesehen hatte, stand nur ein großer viktorianischer Mahagonischrank. Keine offene Tür – keine Szene der Gewalt. Rasch wandte ich mich wieder dem Spiegel zu. Er gab bloß das Bild des Schrankes wieder...

Ich fuhr mir mit der Hand über die Augen. Dann stürzte ich zu dem Schrank und versuchte, ihn von der Wand wegzuziehen. In diesem Augenblick kam Neil vom Gang durch die andere Zimmertür herein und fragte mich, was, zum Teufel, ich denn da täte.

Er muss mich für ein bisschen verrückt gehalten haben, als ich in heftigem Ton die Gegenfrage stellte, ob es hinter dem Schrank noch eine Tür gebe. Ja, sagte er, es gebe allerdings eine Tür, sie führe ins Nebenzimmer. Ich fragte ihn, wer zurzeit in dem Zimmer nebenan wohne, und er sagte,

Leute namens Oldham – ein Major Oldham und seine Frau. Ich fragte ihn daraufhin, ob Mrs Oldham hellblond sei, und als er trocken erwiderte, nein, sie sei brünett, kam mir allmählich zu Bewusstsein, dass ich wohl im Begriff war, mich fürchterlich zu blamieren. Ich riss mich zusammen, stotterte eine lahme Erklärung hervor, und wir gingen zusammen hinunter. Ich musste einer Art Sinnestäuschung erlegen sein, sagte ich mir und kam mir reichlich beschämt und ein bisschen blöde vor.

Und dann – und dann sagte Neil: «Meine Schwester Sylvia», und ich blickte in das schöne Gesicht der Frau, die eben vor meinen Augen erwürgt worden war... und ich wurde ihrem Verlobten vorgestellt, einem großen, dunkelhaarigen Mann mit einer Narbe, die über die linke Gesichtshälfte lief!

Nun, das wär's. Ich wüsste gern, was Sie an meiner Stelle getan hätten. Da stand die junge Frau – dieselbe junge Frau –, und dort der Mann, den ich mit eigenen Augen gesehen hatte, wie er sie erwürgte – und die beiden sollten in etwa einem Monat heiraten...

Hatte ich einen prophetischen Blick auf zukünftige Ereignisse getan oder nicht? Würden Sylvia und ihr Mann in der Zukunft irgendwann einmal hierher zu Besuch kommen, würde man ihnen jenes Zimmer (das beste Gästezimmer) geben, und würde die Szene, deren Zeuge ich gewesen war, grausame Wirklichkeit werden?

Was sollte ich tun? Konnte ich überhaupt irgendetwas tun? Würde irgendein Mensch – Neil oder das Mädchen selbst – mir Glauben schenken?

Während der ganzen Woche, die ich dort verbrachte, wälzte ich dieses Problem in meinen Gedanken hin und her.

Sollte ich sprechen oder sollte ich es nicht tun? Obendrein hatte sich die Situation sehr bald noch weiter kompliziert. Ich hatte mich nämlich vom ersten Augenblick an in Sylvia

Carlslake verliebt. Ich begehrte sie mehr als alles andere auf der Welt. Und in gewisser Weise waren mir dadurch die Hände gebunden.

Und dennoch, wenn ich schwieg, würde Sylvia sich mit Charles Crawley verheiraten, und Crawley würde sie töten…

Und so platzte ich am Tag vor meiner Abreise dann doch mit meiner ganzen Geschichte vor ihr heraus. Ich sagte, sie halte mich gewiss für nicht ganz richtig im Kopf, aber ich könne ihr feierlich schwören, dass alles ganz genau so gewesen sei, wie ich es ihr geschildert habe, und ich sei der Meinung, wenn sie Crawley unbedingt heiraten wolle, so müsse sie wenigstens von meinem sonderbaren Erlebnis erfahren.

Sie hörte mir schweigend zu. In ihren Augen war ein Ausdruck, den ich nicht enträtseln konnte. Sie wurde überhaupt nicht böse. Als ich geendet hatte, dankte sie mir bloß in ernstem Ton. Wie ein Narr wiederholte ich immer wieder: «Ich hab's gesehen. Ich hab's ganz bestimmt gesehen», und sie antwortete: «Wenn du es sagst, ist es bestimmt so. Ich glaube dir.»

Nun, um es kurz zu machen, ich reiste ab, ohne zu wissen, ob ich richtig gehandelt oder ob ich eine Dummheit begangen hatte, und eine Woche später löste Sylvia ihre Verlobung mit Charles Crawley.

Kurz darauf brach der Krieg aus, und die Ereignisse ließen einem kaum Zeit, an etwas anderes zu denken. Ich traf Sylvia zufällig ein- oder zweimal, während ich auf Urlaub war, aber ich ging ihr so weit wie möglich aus dem Weg.

Ich liebte und begehrte sie so heftig wie zuvor, aber irgendwie hatte ich das Gefühl, es wäre unfair, ihr das zu zeigen. Ich war schuld, dass sie ihre Verlobung mit Crawley gelöst hatte, und ich redete mir unablässig ein, dass ich meine Handlungsweise nur rechtfertigen konnte, indem ich mich Sylvia gegenüber völlig neutral verhielt.

Dann kam Neil 1916 im Feld ums Leben, und mir fiel die Aufgabe zu, Sylvia von seinen letzten Augenblicken zu berichten. Danach war es nicht mehr möglich, zu der steifen Förmlichkeit, die vorher zwischen uns geherrscht hatte, zurückzufinden. Sylvia hatte Neil vergöttert, und er war mein bester Freund gewesen. Sie war so süß – so anbetungswürdig in ihrem Kummer. Es gelang mir nur mit größter Mühe, meine Gefühle für mich zu behalten, und als ich wieder einrückte, betete ich, dass eine Kugel der ganzen unglückseligen Geschichte ein Ende machen möge. Ein Leben ohne Sylvia schien mir nicht mehr lebenswert.

Aber für mich war keine Kugel bestimmt. Eine streifte mich unterhalb des rechten Ohres, und eine andere wurde von einem Zigarettenetui in meiner Brusttasche abgelenkt, doch ich kam ohne ernstliche Verwundung davon. Charles Crawley fiel Anfang 1918.

Irgendwie änderte das alles. Als ich im Herbst 1918 unmittelbar vor dem Waffenstillstand nach Hause kam, ging ich sofort zu Sylvia und sagte ihr, dass ich sie liebte. Ich hatte nicht viel Hoffnung, dass sie meine Neigung erwiderte, und war wie vor den Kopf geschlagen, als sie mich fragte, warum ich ihr das nicht schon viel früher gesagt hätte. Ich stotterte etwas von Rücksicht auf Crawley, und sie fragte: «Aber warum, glaubst du, habe ich damals mit ihm Schluss gemacht?» Und sie gestand mir, wie ich mich in sie, so habe auch sie sich in mich vom ersten Augenblick an verliebt. Ich erklärte ihr, ich hätte geglaubt, sie habe ihre Verlobung wegen meiner Geschichte gelöst. Darauf lachte sie verächtlich und sagte, so feige wäre sie bestimmt nicht, wenn sie einen Mann wirklich liebe. Wir sprachen dann noch einmal über meine damalige Vision und fanden sie beide merkwürdig, aber mehr nicht.

Nun, danach gibt es für einige Zeit wenig zu berichten. Sylvia und ich heirateten und waren glücklich miteinander. Aber ich erkannte, sobald sie wirklich mir gehörte, dass ich nicht gerade zum allerbesten Ehemann geschaffen war. Ich liebte Sylvia über alles, aber ich war eifersüchtig, lächerlich eifersüchtig auf jeden Menschen, dem sie auch nur ein Lächeln schenkte. Zu Anfang fand sie das lustig. Ich glaube, es gefiel ihr sogar. Es bewies ihr zumindest, wie sehr ich sie liebte.

Was mich anbetraf, so erkannte ich klar und unmissverständlich, dass ich nicht nur mich selbst lächerlich machte, sondern auch den Frieden und das Glück unseres gemeinsamen Lebens in Gefahr brachte. Ich wusste es, wie gesagt, aber ich konnte mir nicht helfen. Jedesmal wenn Sylvia einen Brief bekam, den sie mir nicht zeigte, grübelte ich, von wem er sein mochte. Und immer wenn sie mit einem anderen Mann lachte und plauderte, wurde ich mürrisch und argwöhnisch.

Wie gesagt, zu Anfang lachte Sylvia über mich. Sie fand das Ganze ungeheuer komisch. Dann fand sie es allmählich weniger komisch – und am Ende überhaupt nicht mehr.

Und langsam begann sie sich von mir innerlich zu entfernen. Nicht in irgendeinem körperlichen Sinn, doch sie zog sich seelisch vor mir zurück. Ich wusste nicht mehr, was sie dachte. Sie war nach wie vor nett zu mir – aber auf eine traurige Weise, wie aus weiter Entfernung.

Nach und nach begriff ich, dass sie mich nicht mehr liebte. Ihre Liebe war tot, und ich selbst hatte sie getötet…

Der nächste Schritt war unausweichlich. Ich wartete darauf – und fürchtete mich gleichzeitig davor.

Dann trat Derek Wainwright in unser Leben. Er besaß alles, was ich nicht hatte. Er war klug und witzig, gut aussehend und obendrein – ich muss es zugeben – ein fabelhaft anständiger Kerl. Schon auf den ersten Blick sagte ich zu mir: Das ist genau der Richtige für Sylvia…

Sie kämpfte dagegen an. Ich weiß, wie sehr sie kämpfte – aber ich half ihr nicht dabei. Ich konnte nicht. Ich hatte mich rettungslos in meinen starren, abweisenden Trübsinn verrannt. Ich litt wie ein Hund – und konnte keinen Finger rühren, um mich aus meiner Erstarrung zu befreien. Ich half Sylvia nicht. Ich machte alles nur noch schlimmer. Eines Tages brach es aus mir heraus – ich überschüttete sie mit einem Strom von wüsten, ungerechtfertigten Beschimpfungen. Ich war halb wahnsinnig vor Kummer und Eifersucht. Die Dinge, die ich zu ihr sagte, waren grausam und unwahr, und ich wusste, während ich sie aussprach, wie grausam und unwahr sie waren. Und dennoch bereitete es mir ein schlimmes Vergnügen, sie auszusprechen.

Ich sehe noch, wie Sylvia vor Beschämung errötete und in sich zusammenkroch.

Ich trieb sie bis an die Grenze ihrer Belastbarkeit.

Ich weiß noch, wie sie murmelte: «So kann es nicht weitergehen ...»

Als ich an diesem Abend nach Hause kam, war das Haus leer – leer. Es lag ein Brief für mich da – ganz nach klassischer Manier.

Sie schrieb darin, dass sie mich verlassen habe – für immer. Sie werde für ein bis zwei Tage nach «Badgeworthy» fahren. Danach werde sie zu dem einen Menschen gehen, der sie liebe und brauche. Ihr Entschluss sei endgültig.

Wahrscheinlich hatte ich bis zu diesem Augenblick meinen eigenen Verdächtigungen nicht wirklich geglaubt. Meine schlimmsten Befürchtungen hier schwarz auf weiß bestätigt zu sehen, trieb mich zum Wahnsinn. Mit der höchsten Geschwindigkeit, die mein Wagen hergab, fuhr ich Sylvia nach «Badgeworthy» hinterher.

Sie hatte sich gerade zum Abendessen umgezogen, als ich

in ihr Zimmer gestürzt kam. Noch heute sehe ich ihr Gesicht vor mir – erschrocken – schön – voller Furcht.

«Keiner außer mir soll dich haben», schrie ich. «Keiner!»

Und ich packte sie mit beiden Händen an der Kehle und zwang sie rücklings aufs Bett.

Plötzlich sah ich unser Bild im Spiegel. Ich sah Sylvia dem Ersticken nahe, sah meine Hände sie am Halse würgen, sah die Narbe an meiner Wange, unterhalb des rechten Ohrs, wo die Kugel mich gestreift hatte …

Nein – ich tötete sie nicht. Die plötzliche Erleuchtung hatte mich gelähmt, ich lockerte meinen Würgegriff und ließ Sylvia zu Boden gleiten.

Dann brach ich zusammen – und sie tröstete mich. Ja, sie tröstete mich.

Ich erzählte ihr alles, und sie erklärte mir, dass sie mit den Worten, sie gehe zu dem einen Menschen, der sie liebe und brauche, ihren Bruder Alan gemeint hatte … In jener Nacht blickten wir einander in das tiefste Innere unseres Herzens, und ich glaube, seither haben wir uns nie mehr voneinander entfernt.

Wenn man sein Leben lang den Gedanken mit sich herumtragen muss, dass nur die Gnade Gottes und ein Spiegel einen davor bewahrt hat, zum Mörder zu werden, so wirkt das überaus ernüchternd. Eines jedenfalls starb in jener Nacht – der Teufel der Eifersucht, der mich so lange besessen hatte.

Aber zuweilen frage ich mich doch – angenommen, ich hätte mich ganz am Anfang nicht geirrt – hätte die Narbe nicht, spiegelverkehrt, auf der linken Wange gesehen, da sie sich doch in Wirklichkeit auf der rechten befand … Wäre ich dann so sicher gewesen, dass es sich bei jenem Mann um Charles Crawley handelte? Hätte ich Sylvia dann gewarnt? Wäre sie heute mit mir verheiratet – oder mit ihm?

Oder sind Vergangenheit und Zukunft eins?

Ich bin nur ein einfacher Mensch – ich kann nicht vorgeben, dass ich von derartigen Dingen etwas verstehe –, aber ich habe jenes Bild im Spiegel gesehen, und weil ich es sah, sind Sylvia und ich zusammen, so wie die uralte Formel lautet: Bis dass der Tod uns scheidet. Und vielleicht über den Tod hinaus …

Das Mädchen im Zug

«Das wäre dann also erledigt!», bemerkte George Rowland reumütig, als er zu der imposanten rauchgeschwärzten Fassade des Gebäudes emporblickte, das er gerade verlassen hatte.

Eventuell hätte man sogar sagen können, das Gebäude repräsentiere in sehr passender Weise die Macht des Geldes – zumal das Geld in der Person des William Rowland, Onkel des vorgenannten George, gerade offen seine Meinung geäußert hatte. Im Verlauf knapper zehn Minuten war George vom Augapfel seines Onkels, vom Erben dessen Vermögens und einem jungen Mann, dem eine viel versprechende berufliche Laufbahn bevorstand, unvermittelt zu einem Angehörigen der riesigen Armee von Arbeitslosen geworden.

Und mit diesem Anzug bekomme ich nicht einmal Arbeitslosenunterstützung, überlegte Mr Rowland düster. Andererseits reicht meine Begabung einfach nicht aus, Gedichte zu schreiben und sie für zwei Penny (oder soviel, wie es Ihnen wert ist, Lady) an den Haustüren zu verkaufen.

Es stimmte, dass George einen beachtlichen Triumph der Schneiderkunst verkörperte. Er war erlesen und sehr gut gekleidet. Salomo und die Lilien auf dem Felde konnten sich mit George nicht annähernd messen. Aber der Mensch lebt nicht von Kleidung allein – es sei denn, er hätte auf diesem Gebiet eine umfangreiche Ausbildung genossen –, und dieser Tatsache war sich Mr Rowland schmerzlich bewusst.

Und das alles wegen dieses verdammten Theaters von gestern Abend, überlegte er betrübt.

Das verdammte Theater von gestern Abend war ein Ball im «Covent Garden» gewesen. Von diesem Ball war Mr Rowland einigermaßen spät – oder vielmehr: einigermaßen früh nach Hause gekommen; genau genommen konnte er nicht einmal sagen, er könne sich an seine Heimkehr überhaupt erinnern. Rogers, der Butler seines Onkels, war ein hilfsbereiter Bursche, und er wäre zweifellos in der Lage gewesen, mit näheren Einzelheiten aufzuwarten. Ein wahnsinnig schmerzender Kopf, eine Tasse starker Tee und die Tatsache, um fünf Minuten vor zwölf – statt um halb zehn – im Büro erschienen zu sein, hatten die Katastrophe ausgelöst. Mr Rowland senior, der seit vierundzwanzig Jahren – wie es einem taktvollen Verwandten zustand – alles verziehen und bezahlt hatte, hatte dieses Verhalten plötzlich aufgegeben und sich in einem neuen Licht gezeigt. Die Inkonsequenz von Georges Antworten (der Mund des jungen Mannes klappte immer noch auf und zu wie ein mittelalterliches Folterinstrument) hatte ihm zusätzlich missfallen. William Rowland war in allem und jedem gründlich. Mit einigen kurzen und bündigen Worten stieß er seinen Neffen als Treibgut in die Welt hinaus und begab sich dann wieder an die unterbrochene Aufgabe, einige peruanische Ölfelder zu begutachten.

George Rowland schüttelte den Staub aus dem Büro seines Onkels von seinen Füßen und begab sich in die Londoner City. George war ein praktischer Mensch. Ein gutes Mittagessen, so überlegte er, war notwendig, um die Situation zu überblicken. Er nahm es zu sich. Dann lenkte er seine Schritte wieder in Richtung des Familienwohnsitzes. Rogers öffnete die Tür. Seine beherrschten Gesichtszüge verrieten keine Überraschung, als er George zu dieser ungewohnten Stunde erblickte.

«Guten Tag, Rogers. Packen Sie doch bitte meine Sachen, ja? Ich reise ab.»

«Sehr wohl, Sir. Nur für eine kurze Reise, Sir?»

«Für immer, Rogers. Ich fahre heute Nachmittag in die Kolonien.»

«Wirklich, Sir?»

«Ja – das heißt, wenn ich ein passendes Schiff finde. Wissen Sie mit Schiffen Bescheid, Rogers?»

«An welche Kolonie haben Sie bei Ihrem Besuch gedacht, Sir?»

«An keine besondere. Irgendeine wird genügen. Sagen wir – Australien. Was halten Sie von dieser Idee, Rogers?»

Rogers räusperte sich diskret.

«Nun ja, Sir – ich habe einmal gehört, dass dort draußen genügend Raum für alle ist, die wirklich arbeiten wollen.»

Mr Rowland schaute ihn interessiert und bewundernd an. «Sehr hübsch ausgedrückt, Rogers. Genau das, was ich mir vorgestellt habe. Ich werde also nicht nach Australien fahren – jedenfalls noch nicht heute. Holen Sie mir doch einmal den Eisenbahnfahrplan, ja? Wir werden etwas suchen, das nicht ganz so weit ist.»

Rogers brachte das gewünschte Buch. George schlug es aufs Geratewohl auf und blätterte schnell weiter.

«Perth – zu weit weg – Putney Bridge – zu nahe – Ramsgate? Ich glaube nicht. Reigate lässt mich ebenfalls kalt. Nanu – das ist aber eine Überraschung! Es gibt tatsächlich einen Ort, der Rowland's Castle heißt. Haben Sie den Namen schon mal gehört, Rogers?»

«Soweit ich orientiert bin, Sir, fährt man dazu von der Waterloo Station ab.»

«Sie sind wirklich ein ungewöhnlicher Mann, Rogers! Sie wissen einfach alles. Gut also – Rowland's Castle! Was mag das wohl für ein Ort sein?»

«Als Ort würde ich es nicht gerade bezeichnen, Sir.»

«Umso besser; dann ist die Konkurrenz nicht so groß. Diese ruhigen kleinen Dörfer besitzen noch eine Menge vom alten feudalen Geist. Der Letzte der eigentlichen Rowlands sollte dort eigentlich auf sofortige Anerkennung stoßen. Mich würde es jedenfalls nicht wundern, wenn man mich binnen einer Woche zum Bürgermeister wählen würde.»

Mit einem Knall klappte er den Fahrplan zu.

«Die Würfel sind gefallen. Packen Sie also meinen kleinen Koffer, Rogers – ja? Außerdem bestellen Sie der Köchin meine herzlichen Grüße, und ob sie mir vielleicht entgegenkommen und ihre Katze borgen würde. Dick Whittington – erinnern Sie sich? Wenn man sich zum Ziel setzt, Oberbürgermeister zu werden, ist dazu unbedingt eine Katze erforderlich.»

«Bedaure, Sir, aber die Katze ist augenblicklich nicht verfügbar.»

«Wie das?»

«Sie hat sich zu einer achtköpfigen Familie entwickelt, Sir. Heute früh sind sie zur Welt gekommen.»

«Was Sie nicht sagen! Und ich dachte, sie hieße Peter?»

«Sehr richtig, Sir. Es war für uns alle eine große Überraschung.»

«Ein Beispiel für die sorglose Namengebung und das trügerische Geschlecht, was? Also gut, dann werde ich eben katzenlos hinfahren. Packen Sie die Sachen bitte sofort, ja?»

«Sehr wohl, Sir.»

Rogers zog sich zurück, um zehn Minuten später wieder zu erscheinen.

«Soll ich ein Taxi bestellen, Sir?»

«Ja, bitte.»

Rogers zögerte, trat dann jedoch einige Schritte weiter ins Zimmer.

«Entschuldigen Sie die Freiheit, Sir, aber wenn ich an Ihrer Stelle wäre, würde ich von dem, was Mr Rowland heute Vormittag sagte, nicht allzu viel Notiz nehmen. Gestern Abend war er bei einem dieser Honoratioren-Essen, und ...»

«Kein Wort mehr!», sagte George. «Ich habe verstanden.»

«Und durch sein Leiden …»

«Ich weiß, ich weiß. Ein ziemlich anstrengender Abend für Sie, Rogers, mit uns beiden, was? Ich habe mich jedoch entschlossen, mich in Rowland's Castle auszuzeichnen – an der Wiege meines historischen Geschlechts! In einer Ansprache dürfte es ausgezeichnet klingen, nicht wahr? Ein Telegramm an meine dortige Anschrift oder eine diskrete Annonce in einer Morgenzeitung würde mich sofort zur Rückfahrt veranlassen, und besonders dann, wenn ein Kalbsfrikassee auf dem Feuer steht. Aber nun – nach Waterloo, wie Wellington am Vorabend jener historischen Schlacht sagte.»

Waterloo Station zeigte sich an diesem Nachmittag weder von der strahlendsten noch von der besten Seite. Mr Rowland entdeckte schließlich den Zug, der ihn an seinen Bestimmungsort bringen sollte; es war jedoch ein alles andere als vornehmer, ein keineswegs imposanter Zug – ein Zug, mit dem zu reisen niemanden sonderlich zu reizen schien. Mr Rowland hatte ein Abteil erster Klasse für sich allein, ganz am Anfang des Zuges. Nebel senkte sich unentschlossen auf die Metropole, hier wieder in die Höhe steigend, dort wieder fallend. Der Bahnsteig war verwaist; nur das asthmatische Schnaufen der Lokomotive durchbrach die Stille.

Und dann völlig unvermittelt, ereigneten sich in verwirrender Eile eine ganze Reihe von Dingen.

Zuerst kam das Mädchen. Es riss die Tür auf, sprang in das Abteil, schreckte Mr Rowland aus etwas so Gefährlichem wie einem kurzen Schlummer auf und rief dabei: «Oh! Verstecken Sie mich – bitte, verstecken Sie mich!»

George war im Wesentlichen ein Mann der Tat: Nicht Überlegen war seine Stärke, sondern Handeln, Streben und so weiter. In einem Eisenbahnwagen gibt es nur einen Ort zum Verstecken – unter der Sitzbank. Binnen sieben Sekunden war das Mädchen dort untergebracht, und Georges Koffer, der nachlässig am einen Ende der Bank stand, verbarg fremden Blicken den Zufluchtsort des Mädchens. Übrigens keinesweg zu zeitig. Ein aufgebrachtes Gesicht erschien vor dem Abteilfenster.

«Meine Nichte! Sie haben sie hier. Ich wünsche meine Nichte zu sprechen!»

Etwas außer Atem lehnte George in der Ecke, tief in die Sportseite der Abendzeitung, einunddreißigste Ausgabe, versunken. Er legte sie beiseite und ähnelte dabei einem Mann, der in anderen Sphären geweilt hat.

«Verzeihung, Sir?», fragte er höflich.

«Meine Nichte – was haben Sie mit ihr gemacht?»

Der Erfahrung eingedenk, dass Angriff immer die beste Verteidigung ist, ergriff George die Initiative.

«Was, zum Teufel, wollen Sie damit sagen?», schrie er, indem er das Auftreten seines eigenen Onkels sehr glaubwürdig nachahmte.

Der andere schwieg eine Minute – bestürzt über dieses plötzliche Ungestüm. Es war ein dicker Mann, der immer noch etwas keuchte, als wäre er etliche Meter gerannt. Sein Haar war bürstenartig geschoren, und er trug einen Bart nach hohenzollernscher Art. Sein Akzent klang unmissverständlich guttural, und seine steife Haltung verriet, dass er sich in Uniform wohler fühlte als ohne. George besaß das den Briten angeborene echte Vorurteil gegenüber Ausländern – und eine besondere Abneigung für deutsch aussehende Ausländer.

«Was, zum Teufel, wollen Sie eigentlich, Sir?», wiederholte er ärgerlich.

«Sie ging hierher», sagte der andere. «Ich habe sie gesehen. Was haben Sie mit ihr gemacht?»

George schleuderte die Zeitung von sich und zwängte Kopf und Schultern durch das Fenster.

«Das also ist der Grund, was?», brüllte er. «Erpressung! Nur sind Sie dabei an den Falschen geraten. Ich habe Ihre Geschichte heute Morgen bereits in der *Daily Mail* gelesen. Hallo, Schaffner – Schaffner!»

Von weitem bereits auf die Auseinandersetzung aufmerksam geworden, eilte der Beamte herbei.

«Hier, Schaffner», sagte Mr Rowland mit jenem Anflug von Autorität, den die niederen Klassen so bewundern. «Dieser Kerl belästigt mich. Falls notwendig, werde ich ihn der Erpressung beschuldigen. Behauptet, ich hätte seine Nichte hier versteckt. Eine regelrechte Bande, lauter Ausländer, probiert es mit derartigen Tricks. Man sollte dagegen einschreiten. Führen Sie ihn ab, ja? Hier ist meine Karte, falls Sie sie haben wollen.»

Der Schaffner blickte vom einen zum anderen. Seine Überlegungen waren wenig später abgeschlossen. Seine Ausbildung hatte zur Folge, dass er Ausländer verabscheute, gut gekleidete Gentlemen hingegen, die erster Klasse reisten, achtete und bewunderte. Er legte seine Hand auf die Schulter des Störenfrieds.

«Sie», sagte er, «kommen Sie da runter.»

In diesem kritischen Moment versiegte der englische Wortschatz des Fremden, und er fiel mit wilden Flüchen in seine Muttersprache zurück.

«Schluss jetzt!», sagte der Schaffner. «Treten Sie zurück, verstanden? Der Zug fährt ab.»

Flaggen wurden geschwenkt, und Pfiffe ertönten. Mit einem unwilligen Ruck rollte der Zug aus dem Bahnhof. George blieb auf seinem Beobachtungsposten, bis der Zug den Bahnsteig hinter sich gelassen hatte. Dann zog er den Kopf herein, ergriff seinen Koffer und warf ihn in das Gepäcknetz.

«Alles in Ordnung. Sie können hervorkommen», sagte er aufmunternd.

Das Mädchen kroch hervor.

«Oh!», sagte es atemlos. «Wie kann ich Ihnen nur danken?»

«Darüber machen Sie sich nur keine Sorgen. Glauben Sie mir: Es war mir ein Vergnügen», erwiderte George lässig. Besänftigend lächelte er sie an. Der Blick ihrer Augen wirkte leicht erstaunt. Sie schien irgendetwas zu vermissen, an das sie gewohnt war. In diesem Moment erblickte sie sich plötzlich in dem kleinen Spiegel, der ihr gegenüber hing, und stieß einen tiefen Seufzer aus.

Ob die Wagenwäscher den Fußboden auch unter den Sitzen aufwischen oder nicht, steht nicht einwandfrei fest. Der Anschein sprach zwar gegen ihre Tätigkeit; es kann jedoch möglich sein, dass jedes Dreck- und Qualmpartikelchen – ähnlich den Zugvögeln – seinen Weg dorthin findet. George hatte bisher kaum Zeit gehabt, der Erscheinung des Mädchens Aufmerksamkeit zu schenken: So plötzlich war ihre Ankunft und so kurz die Zeitspanne gewesen, ehe sie in ihr Versteck kroch. Trotzdem handelte es sich mit Sicherheit um eine schlanke und gut gekleidete junge Frau, die unter dem Sitz verschwunden war. Jetzt war ihr kleiner roter Hut jedoch zerbeult und verdrückt und ihr Gesicht durch lange Schmutzstreifen verunstaltet.

«Oh!», sagte das Mädchen.

Es kramte in seiner Handtasche. Mit dem Taktgefühl des wahren Gentleman starrte George wie gebannt aus dem Fenster und bewunderte die Londoner Straßen südlich der Themse.

«Wie kann ich Ihnen nur danken?», sagte das Mädchen wieder.

In der Annahme, dass dies ein Hinweis sei, die Unterhaltung wieder aufzunehmen, wandte George seinen Blick ab und leistete wiederum aus Höflichkeit einen Verzicht, diesmal jedoch mit einem Gutteil zusätzlicher Wärme in seinem Verhalten.

Das Mädchen war absolut bezaubernd! Noch nie, überlegte George, hatte er bisher ein so bezauberndes Mädchen erblickt. Die Dienstfertigkeit in seinem Verhalten wurde noch deutlicher. «Ich finde es einfach großartig von Ihnen», sagte das Mädchen bewundernd.

«Aber ich bitte Sie. Nichts Einfacheres als das. Und ich bin äußerst erfreut, dass ich Ihnen von Nutzen sein konnte», murmelte George.

«Großartig», wiederholte sie bewundernd.

Es ist zweifellos erfreulich, wenn das liebreizendste Mädchen, dem man je begegnet ist, einem in die Augen blickt und sagt, wie großartig es einen fände. George genoss es genauso, wie jeder andere es an seiner Stelle genossen hätte.

Dann trat eine ziemlich peinliche Stille ein. Dem Mädchen schien es zu dämmern, dass eventuelle weitere Erklärungen erwartet würden. Es errötete leicht.

«Schrecklich ist dabei», sagte sie nervös, «dass ich fürchte, es gar nicht erklären zu können.»

Mit einem jammervollen Ausdruck der Unsicherheit sah sie ihn an.

«Sie können es nicht erklären?»

«Nein.»

«Wie hinreißend!», sagte Mr Rowland bewundernd.

«Wie bitte?»

«Ich sagte: Wie hinreißend. Genau wie in einem dieser Bücher, die einen die ganze Nacht wach halten. Immer sagt die Heldin im ersten Kapitel: ‹Ich kann es nicht erklären!› Natürlich erklärt sie es schließlich doch, und eigentlich bestand gar kein Grund, dass sie es nicht schon gleich zu Anfang tat – aber dann wäre die ganze Geschichte verdorben gewesen. Ich kann Ihnen gar nicht sagen, wie hocherfreut ich bin, in ein wirkliches Geheimnis hineingezogen worden zu sein – ich wusste gar nicht, dass es derartige Dinge überhaupt gibt. Hoffentlich hängt es mit Geheimdokumenten von ungeheurer Wichtigkeit zusammen, und auch mit dem Balkan-Express. In den bin ich nämlich völlig vernarrt.»

Mit großen, misstrauischen Augen starrte das Mädchen ihn an.

«Wieso kommen Sie auf den Balkan-Express?», fragte sie scharf.

«Hoffentlich war ich nicht allzu indiskret», beeilte sich George einzuwerfen. «Vielleicht hat Ihr Onkel ihn benutzt?»

«Mein Onkel …» Sie verstummte und fing dann noch einmal an: «Mein Onkel …»

«Sehr richtig», sagte George mitfühlend. «Ich habe auch einen Onkel. Eigentlich dürfte man niemanden für seine leiblichen Onkel verantwortlich machen. Die Natur kennt auch Rückschläge – wenigstens sehe ich es so an.»

Plötzlich fing sie an zu lachen. Als sie sprach, fiel George der leichte ausländische Tonfall ihrer Stimme auf. Bisher hatte er sie für eine Engländerin gehalten.

«Was sind Sie doch für ein erfrischender und ungewöhnlicher Mensch, Mr …»

«Rowland. Bei meinen Freunden heiße ich George.»

«Ich heiße Elizabeth …»

Sie verstummte unvermittelt.

«Der Name Elizabeth gefällt mir sehr», sagte George, um ihre vorübergehende Verwirrung zu überspielen. «Hoffentlich nennt man Sie nicht Bessie oder mit einem ähnlich scheußlichen Namen?»

Sie schüttelte den Kopf.

«Also», sagte George, «da wir uns nun schon so gut kennen, können wir zum geschäftlichen Teil übergehen. Wenn Sie aufstehen würden, Elizabeth, könnte ich den Rücken Ihres Mantels abklopfen.»

Gehorsam erhob sie sich, und George war in der Lage, sein Vorhaben zufrieden stellend auszuführen.

«Danke, Mr Rowland.»

«George. Meine Freunde nennen mich George, wenn Sie sich gütig erinnern wollen. Und Sie können nicht einfach in mein hübsches leeres Abteil stürzen, sich unter den Sitz rollen, mich veranlassen, Ihrem Onkel Lügen aufzutischen, und sich dann weigern, mich als Ihren Freund anzusehen – stimmt's?»

«Danke, George.»

«Das klingt sehr viel besser.»

«Bin ich jetzt wieder vorzeigbar?», fragte Elizabeth und versuchte, über ihre linke Schulter hinwegzusehen.

«Sie sind – ach! Sie sehen – großartig sehen Sie aus», sagte George und nahm sich gewaltig zusammen.

«Es kam alles so plötzlich, verstehen Sie?», erklärte Elizabeth.

«Das ist anzunehmen.»

«Er sah uns im Taxi, und auf dem Bahnhof sprang ich einfach in dieses Abteil, weil er mich fast schon eingeholt hatte. Wohin fährt dieser Zug übrigens?»

«Nach Rowland's Castle», sagte George mit fester Stimme.

Verblüfft sah Elizabeth ihn an.

«Nach Rowland's Castle?»

«Natürlich nicht nur. Dahin kommt er erst nach verschiedenen Aufenthalten und stundenlanger langsamer Fahrt. Ich bin jedoch voller Zuversicht, noch vor Mitternacht dort einzutreffen. Die einstige South-Western war eine ausgesprochen zuverlässige Strecke – langsam, aber zuverlässig –, und ich bin überzeugt, dass die Southern Railway diese Tradition aufrechterhält.»

«Ich weiß eigentlich gar nicht, was ich in Rowland's Castle soll», sagte Elizabeth nachdenklich.

«Sie verletzen mich. Es ist ein entzückender Ort.»

«Waren Sie schon einmal dort?»

«Genaugenommen eigentlich nicht. Aber es gibt eine Unmenge anderer Orte, wo Sie aussteigen können, wenn Ihnen Rowland's Castle nicht zusagt – zum Beispiel Woking, oder Weybridge, oder auch Wimbledon. Mit Sicherheit ist anzunehmen, dass der Zug auf dem einen oder anderen Bahnhof halten wird.»

«Ich verstehe», sagte das Mädchen. «Ja, dort könnte ich aussteigen und eventuell mit einem Wagen nach London zurückfahren. Meiner Ansicht nach wäre das vielleicht das Beste.»

Während sie noch sprach, begann der Zug sein Tempo zu verlangsamen. Mit flehenden Augen blickte George sie an.

«Wenn ich noch irgendetwas für Sie tun kann …?»

«Wirklich nicht. Sie haben bereits so viel getan.»

Es folgte eine Pause, und dann brach es plötzlich aus ihr heraus.

«Ich – ich wünschte, ich könnte es Ihnen erklären. Ich …»

«Um Himmels willen – machen Sie sich doch darüber keine Gedanken. Es würde alles nur verderben. Aber sagen Sie: Könnte ich vielleicht nicht doch noch irgendetwas für Sie tun? Die Geheimpapiere vielleicht nach Wien bringen – oder etwas dieser Art? Geheimpapiere sind doch immer dabei. Geben Sie mir eine Chance.»

Der Zug hatte gehalten. Schnell sprang Elizabeth auf den Bahnsteig. Sie drehte sich um und redete mit ihm durch das Fenster. «Ist das Ihr Ernst? Wollen Sie wirklich etwas für uns – für mich tun?»

«Alles in der Welt würde ich für Sie tun, Elizabeth.»

«Auch wenn ich Ihnen keinen Grund dafür nennen könnte?»

«Gründe – so etwas Lächerliches!»

«Selbst wenn es – wenn es gefährlich wäre?»

«Je gefährlicher, desto besser.»

Sie zögerte eine Minute, schien dann jedoch zu einem Entschluss gekommen zu sein.

«Lehnen Sie sich aus dem Fenster. Blicken Sie den Bahnsteig entlang, als schauten Sie gar nicht hin.» Mr Rowland bemühte sich, dieser etwas schwierigen Aufforderung nachzukommen. «Sehen Sie den Mann, der gerade einsteigt – mit dem kleinen dunklen Bart – und dem leichten Übermantel? Folgen Sie ihm, stellen Sie fest, wo er hingeht, und beobachten Sie genau, was er tut.»

«Ist das alles?», fragte Mr Rowland «Was soll ich ...»

Sie ließ ihn nicht ausreden und unterbrach ihn.

«Weitere Anweisungen werden Ihnen noch übermittelt. Beobachten Sie ihn – und bewahren Sie das hier sicher auf.» Sie schob ihm ein kleines versiegeltes Päckchen in die Hand. «Behüten Sie es – und wenn es Ihr Leben kostet. Es ist der Schlüssel zu allem!»

Der Zug fuhr an. Mr Rowland starrte aus dem Fenster und blickte der schlanken grazilen Gestalt nach, die sich ihren Weg über den Bahnsteig bahnte. Seine Hand umklammerte das kleine versiegelte Päckchen.

Der Rest seiner Reise verlief ebenso eintönig wie ereignislos. Bei dem Zug handelte es sich um einen Bummelzug. Überall hielt er. Auf jedem Bahnhof schoss Georges Kopf aus dem Fenster, um zu sehen, ob sein Opfer ausstiege oder nicht. Gelegentlich schlenderte er auf dem Bahnsteig hin und her, wenn der Aufenthalt länger zu dauern schien, und überzeugte sich, dass der Mann noch im Zug war.

Der tatsächliche Zielort des Zuges war Portsmouth, und dort stieg der schwarzbärtige Mann endlich aus. Er machte sich auf den Weg zu einem kleinen zweitrangigen Hotel, wo er ein Zimmer nahm. Auch Mr Rowland nahm dort ein Zimmer.

Die Zimmer lagen in derselben Etage, zwei Türen voneinander getrennt. Nach Georges Meinung war diese Anordnung zufrieden stellend. In der Kunst des Beschattens war er zwar ein vollständiger Neuling; trotzdem war er jedoch bemüht, sich seines Auftrags gut zu entledigen und Elizabeths Vertrauen zu ihm nicht zu enttäuschen.

Beim Abendessen wurde George ein Tisch zugewiesen, der nicht sehr weit von dem seines Opfers entfernt war. Der Raum war nicht sonderlich voll, und die Mehrheit der Gäste sortierte George von vornherein aus, da es sich dabei um Handelsreisende handelte – sehr ehrenwerte Männer, die ihr Essen mit Appetit verspeisten. Nur ein einziger Mann erregte seine besondere Aufmerksamkeit: ein kleiner Mann mit hellbraunem Haar und Schnurrbart, der ihn irgendwie an ein Pferd erinnerte. Er seinerseits schien sich für George zu interessieren: Als das Abendessen beendet war, lud er George zu einem Drink und einer Partie Billard ein. George hatte jedoch gerade erspäht, dass der schwarzbärtige Mann Hut und Mantel ergriff, und deshalb lehnte er höflich ab. Im nächsten Augenblick stand er draußen auf der Straße und gewann neuen Einblick in die schwierige Kunst des Beschattens. Die Jagd war langwierig und ermüdend – und am Ende schien sie doch zu nichts zu führen. Nachdem der Mann sich etwa vier Meilen lang durch die Straßen von Portsmouth gewunden und gedreht hatte, kehrte er ins Hotel zurück – George dicht auf seinen Fersen. Ein leichter Zweifel befiel Letztgenannten. War es vorstellbar, dass der Mann seine Gegenwart wahrgenommen hatte? Während er noch in der

Halle stand und diesen Punkt sorgfältig erwog, wurde die Tür zur Straße aufgestoßen, und der kleine hellbraune Mann betrat das Hotel. Offensichtlich hatte auch er noch einen Spaziergang unternommen. George wurde plötzlich gewahr, dass das schöne Mädchen aus dem Büro ihn ansprach.

«Mr Rowland, nicht wahr? Zwei Gentlemen möchten Sie sprechen. Zwei ausländische Gentlemen. Sie warten im kleinen Saal am Ende des Ganges.»

Leicht erstaunt suchte George den fraglichen Raum auf. Zwei Männer, die dort saßen, erhoben sich und verneigten sich förmlich.

«Mr Rowland? Ich habe nicht den geringsten Zweifel, Sir, dass Sie sich vorstellen können, wer wir sind.»

George blickte von einem zum anderen. Der Sprecher war der ältere von beiden: Ein grauhaariger und auffallender Gentleman, der ausgezeichnet Englisch sprach. Der andere war ein hoch gewachsener, leicht verpickelter junger Mann mit einem Gesicht blonder teutonischer Abstammung, das durch das erboste Stirnrunzeln, welches der junge Mann augenblicklich trug, keineswegs attraktiver geworden war. Irgendwie erleichtert, dass es sich bei keinem seiner Besucher um jenen alten Herrn handelte, dem er auf dem Bahnhof Waterloo Station begegnet war, befleißigte George sich seiner liebenswürdigsten Art.

«Nehmen Sie bitte Platz, Gentlemen. Ich bin entzückt, Ihre Bekanntschaft zu machen. Wie wäre es mit einem Drink?»

Der Ältere hob abwehrend seine Hand.

«Vielen Dank, Lord Rowland – nicht für uns. Wir haben nur sehr wenig Zeit – gerade soviel, dass Sie uns eine Frage beantworten können.»

«Es ist sehr freundlich von Ihnen, mich in den Adelsstand

zu erheben», sagte George. «Und es tut mir Leid, dass ich Ihnen keinen Drink anbieten kann. Wobei handelt es sich bei Ihrer kurzen Frage?»

«Lord Rowland, Sie verließen London in Begleitung einer bestimmten Dame. Hier sind Sie dann allein angekommen. Wo ist die Dame?»

George erhob sich.

«Leider sehe ich mich nicht in der Lage, Ihre Frage zu verstehen», sagte er kalt und bemühte sich, möglichst genau wie der Held eines Romans zu sprechen. «Ich habe die Ehre, Ihnen einen guten Abend zu wünschen, Gentlemen.»

«Dabei verstehen Sie ganz genau! Sehr gut verstehen Sie die Frage!», schrie der jüngere Mann in einem plötzlichen Ausbruch. «Was haben Sie mit Alexa gemacht?»

«Ruhig, Sir», murmelte der andere. «Ich bitte Sie inständig, Ruhe zu bewahren.»

«Ich kann Ihnen versichern», sagte George, «dass ich keine Dame dieses Namens kenne. Es muss sich also um einen Irrtum handeln.»

Der Ältere sah ihn gespannt an.

«Das ist kaum möglich», sagte er trocken. «Ich nahm mir die Freiheit, das Gästeverzeichnis des Hotels durchzusehen. Sie haben sich als Mr G. Rowland of Rowland's Castle eingetragen.»

George war gezwungen zu erröten.

«Ein – ein kleiner Scherz meinerseits», erklärte er matt.

«Eine ziemlich armselige Ausflucht. Hören Sie – klopfen wir nicht länger auf den Busch. Wo befindet sich Ihre Hoheit?»

«Wenn Sie damit Elizabeth meinen ...»

Mit einem wütenden Aufheulen stürzte der junge Mann wieder vorwärts.

«Unverschämter Schweinehund! So von ihr zu sprechen!»

«Wie Sie sehr wohl wissen», sagte der andere langsam, «beziehen sich meine Worte auf die Großherzogin Anastasia Sophia Alexandra Marie Helena Olga Elizabeth von Katonien.»

«Oh», sagte Mr Rowland etwas hilflos. Er versuchte, sich alles in Erinnerung zurückzurufen, was er jemals über Katonien gewusst hatte. Soweit er sich entsann, handelte es sich um ein kleines Königreich auf dem Balkan, und irgendwie schien er sich ferner einer Revolution zu erinnern, die dort stattgefunden hatte. Mit Mühe fasste er sich wieder.

«Offenbar meinen wir dieselbe Person», sagte er fröhlich, «nur dass ich sie Elizabeth nenne.»

«Dafür werden Sie mir Genugtuung geben», fauchte der jüngere Mann. «Wir werden kämpfen.»

«Kämpfen?»

«Ein Duell.»

«An Duellen beteilige ich mich niemals», sagte Mr Rowland standhaft.

«Warum nicht?», fragte der andere in unangenehmem Ton.

«Ich habe zu viel Angst, dabei verletzt zu werden.»

«Aha! So ist das also! Dann werde ich Ihnen zumindest die Nase lang ziehen.»

Wütend stürzte der junge Mann auf George los. Was dann genau geschah, war schwer zu erkennen; er beschrieb jedoch einen halben Bogen durch die Luft und landete mit einem dumpfen Dröhnen auf dem Fußboden. Leicht betäubt raffte er sich wieder auf.

Mr Rowland lächelte erfreut.

«Wie ich gerade sagte», bemerkte er, «habe ich immer Angst, verletzt zu werden. Aus diesem Grunde hielt ich es für angebracht, Jiu-Jitsu zu erlernen.»

Darauf folgte eine Pause. Die beiden Ausländer betrachteten zweifelnd den so liebenswürdig aussehenden jungen Mann, als hätten sie plötzlich erkannt, dass hinter der angenehmen Nonchalance seines Benehmens irgendeine gefährliche Eigenschaft lauere. Der junge Teutone war kalkweiß vor Wut.

«Das werden Sie bereuen», zischte er.

Der Ältere bewahrte seine würdevolle Haltung.

«Ist das Ihr letztes Wort, Lord Rowland? Sie weigern sich, uns den Aufenthaltsort Ihrer Hoheit mitzuteilen?»

«Ihr Aufenthaltsort ist selbst mir unbekannt.»

«Sie werden kaum annehmen, dass ich Ihren Worten glaube!»

«Ich fürchte, Sie sind überhaupt ein ungläubiger Mensch, Sir.»

Der andere schüttelte hingegen nur den Kopf und murmelte: «Damit ist der Fall noch nicht beendet. Sie werden wieder von uns hören.» Damit verließen die beiden den Raum.

George fuhr sich mit der Hand über die Stirn. Die Ereignisse entwickelten sich mit verwirrender Geschwindigkeit. Offenbar war er in einen erstklassigen europäischen Skandal verwickelt.

«Vielleicht bedeutet das sogar einen neuen Krieg», sagte George hoffnungsvoll, als er wie ein Jagdhund durch das Hotel strich, um festzustellen, was aus dem Mann mit dem schwarzen Bart geworden war.

Zu seiner großen Erleichterung entdeckte er ihn im Aufenthaltsraum, wo er in einer Ecke saß. George setzte sich in eine andere Ecke. Nach etwa drei Minuten stand der Schwarzbärtige auf und ging zu Bett. George folgte ihm und sah ihn in seinem Zimmer verschwinden und die Tür schließen. George stieß einen Seufzer der Erleichterung aus.

«Ich brauche dringend meine Nachtruhe», murmelte er. «Ganz dringend.»

Dann kam ihm ein grässlicher Gedanke. Angenommen, der Schwarzbärtige hatte gemerkt, dass George auf seiner Spur war? Angenommen, er entwischte im Laufe der Nacht, während George gerade den Schlaf des Gerechten schlief? Nach einigem Überlegen von wenigen Minuten Dauer fiel Mr Rowland eine Möglichkeit ein, auch mit dieser Schwierigkeit fertig zu werden. Er räufelte eine seiner Socken auf, bis er einen ausreichend langen Wollfaden von neutraler Farbe hatte, schlich dann geräuschlos aus seinem Zimmer, klebte das eine Ende des Fadens mit einer Briefmarke an die Tür des Fremden und legte schließlich den Faden bis in sein eigenes Zimmer. Dort knotete er das andere Ende an eine kleine silberne Glocke – ein Erinnerungsstück an das Vergnügen der letzten Nacht. Mit einem gut Teil Befriedigung betrachtete er die Anlage. Sollte der schwarzbärtige Mann versuchen, sein Zimmer zu verlassen, würde George sofort durch das Klingeln der Glocke geweckt werden.

Nachdem diese Angelegenheit geregelt war, verlor George keine Zeit, sein Bett aufzusuchen. Das kleine Päckchen legte er sorgfältig unter das Kopfkissen. Dabei fiel er vorübergehend in trübe Überlegungen. Seine Gedanken hätten folgendermaßen übersetzt werden können: Anastasia Sophia Marie Alexandra Olga Elizabeth. Verdammt noch mal, einen Vornamen habe ich ausgelassen. Wenn ich jetzt bloß wüsste…

Angesichts seines Unvermögens, die Situation zu erfassen, war er unfähig, sofort einzuschlafen. Was sollte das alles? Worin bestand die Verbindung zwischen der entflohenen Großherzogin, dem versiegelten Päckchen und dem schwarzbärtigen Mann? Wovor befand die Großherzogin sich auf der Flucht? Waren die Ausländer sich bewusst, dass das versiegelte Päckchen sich in seinem Besitz befand? Und was enthielt es aller Voraussicht nach?

Während er noch über diese Dinge nachdachte und dabei

das leicht irritierte Gefühl hatte, ihrer Lösung keinen Schritt näher gekommen zu sein, schlief Mr Rowland ein.

Geweckt wurde er vom leisen Klingeln einer Glocke. Da er nicht zu jenen Menschen gehörte, die aufwachen und sofort aus dem Bett springen, brauchte er rund eineinhalb Minuten bis zu der Erkenntnis, was eigentlich los war. Dann allerdings sprang er auf, schlüpfte mit den Füßen in die Pantoffeln, öffnete mit äußerster Vorsicht die Tür und schlich in den Korridor hinaus. Ein schwacher, sich bewegender Schatten am anderen Ende des Korridors zeigte ihm die Richtung, in der sein Opfer entschwunden war. So geräuschlos wie nur möglich folgte Mr Rowland seiner Fährte. Er kam gerade noch rechtzeitig, um zu sehen, wie der Schwarzbärtige in einem Badezimmer verschwand. Das war erstaunlich, zumal ein anderes Badezimmer sich genau gegenüber jenem Zimmer befand, das der Schwarzbärtige bewohnte. Als Mr Rowland sich möglichst weit der angelehnten Tür genähert hatte, lugte er durch den Spalt. Der Mann kniete neben der Badewanne und schob irgendetwas unter die Verkleidung zwischen Wanne und Wand. Fünf Minuten benötigte er dazu; dann erhob er sich wieder, und George zog sich vorsichtig zurück. Wieder im Schatten der eigenen Tür, beobachtete er, wie der andere vorüberging und in seinem eigenen Zimmer verschwand. Ausgezeichnet, sagte sich George. Das Geheimnis des Badezimmers wird morgen früh erforscht.

Er legte sich ins Bett und griff mit der Hand unter das Kopfkissen, um sich zu vergewissern, dass das kostbare Päckchen sich noch dort befände. Im nächsten Augenblick riss er das Bettzeug auseinander. Das Päckchen war verschwunden!

Ein arg zerzauster George saß am folgenden Morgen an seinem Tisch und verzehrte Eier mit Schinken. Er hatte Elizabeth enttäuscht. Er hatte zugelassen, dass das kostbare Päckchen, das sie seiner Obhut anvertraut hatte, ihm entwendet worden war, und das «Geheimnis des Badezimmers» war ein ausgesprochen unangemessener Ersatz. Ja – kein Zweifel, dass George sich äußerst töricht angestellt hatte.

Nach dem Frühstück schlenderte er wieder nach oben. Ein Zimmermädchen stand im Korridor und machte ein verwirrtes Gesicht.

«Stimmt etwas nicht, meine Liebe?», sagte George freundlich.

«Es geht um den Gentleman, der hier wohnt, Sir. Er wollte um halb neun geweckt werden, aber ich bekomme keine Antwort, und die Tür ist abgeschlossen.»

«Was Sie nicht sagen», meinte George.

Ein unbehagliches Gefühl beschlich ihn. Er eilte in sein eigenes Zimmer. Mochte er gerade noch irgendwelche Pläne gehabt haben – von dem unerwarteten Anblick, der sich ihm bot, wurden sie weggewischt: Auf der Frisierkommode lag das kleine Päckchen, das ihm in der vergangenen Nacht gestohlen worden war!

George nahm es in die Hand und betrachtete es prüfend. Jawohl – zweifellos war es dasselbe. Aber die Siegel waren erbrochen. Nach kurzem Zögern wickelte er es aus. Wenn andere seinen Inhalt gesehen hatten, bestand kein Grund, dass er ihn nicht auch sehen konnte. Außerdem bestand die Möglichkeit, dass der Inhalt entwendet worden war. Aus dem Papier schälte sich eine kleine Pappschachtel, wie Juweliere sie verwenden. George öffnete sie. In ein Bett aus Baumwolle schmiegte sich ein schlichter goldener Ehering. Er nahm ihn heraus und betrachtete ihn prüfend. Auf der Innenseite befand sich keine Inschrift – gar nichts, was ihn von anderen Eheringen hätte unterscheiden können. Mit einem Aufstöhnen verbarg George den Kopf in den Händen.

«Wahnsinn», murmelte er. «Etwas anderes ist es nicht. Offener, unverhüllter Wahnsinn. Nirgends ist ein Sinn zu entdecken.»

Plötzlich erinnerte er sich der Feststellung des Zimmermädchens, und gleichzeitig stellte er fest, dass sich vor dem Fenster ein Geländer entlangzog. Es war ein Heldenstück, dem er sich normalerweise nicht unterzogen hätte; Neugier und Ärger hatten jedoch derart von ihm Besitz ergriffen, dass er sich in einem Zustand befand, in dem er Schwierigkeiten auf die leichte Schulter nahm. Er setzte über das Fensterbrett. Wenige Sekunden später lugte er durch das Fenster jenes Zimmers, das der Schwarzbärtige bewohnt hatte. Das Fenster stand offen und der Raum war leer. Ein kleines Stückchen weiter befand sich eine Feuerleiter. Damit war vollkommen klar, auf welche Weise sein Opfer sich davongemacht hatte.

George sprang durch das Fenster in das Zimmer. Die Sachen des Verschwundenen lagen noch überall herum. Vielleicht befand sich unter ihnen irgendein Hinweis, der Georges Verwirrung erhellen würde. Er begann, alles zu durchsuchen, und machte den Anfang mit dem Inhalt einer ramponierten Reisetasche.

Ein Geräusch unterbrach seine Suche – ein sehr leises Geräusch zwar, aber immerhin ein Geräusch, das nicht zu überhören war. Georges Blick richtete sich auf den großen Kleiderschrank. Er sprang hoch und riss die Schranktür auf. Im gleichen Augenblick war ein Mann mit einem Satz heraus und rollte, von Georges Armen eng umschlungen, auf den Fußboden. Er gehörte keineswegs zu den gewöhnlichen Gegnern. Sämtliche besonderen Tricks, die George anwandte, erreichten kaum etwas. Schließlich lagen sie völlig erschöpft – der eine hier, der andere dort – auf dem Fußboden, und zum ersten Mal sah George, um wen es sich bei seinem Gegner handelte. Es war der kleine Mann mit dem hellbraunen Bart.

«Wer, zum Teufel, sind Sie?», fragte George.

Statt einer Antwort zog der andere eine Karte hervor und überreichte sie ihm. George las sie laut.

«Detective Inspector Jarrold, Scotland Yard.»

«Stimmt, Sir. Und Sie täten gut daran, wenn Sie mir alles erzählten, was Sie über diese Angelegenheit wissen.»

«Das Gefühl habe ich auch», sagte George nachdenklich. «Wissen Sie was, Inspector? Ich glaube, Sie haben Recht. Sollen wir uns aber dazu nicht einen erfreulicheren Ort suchen?»

In einer ruhigen Ecke der Bar redete George sich alles von der Seele. Inspector Jarrold lauschte ihm voller Mitgefühl.

«Äußerst erstaunlich, was Sie sagen, Sir», bemerkte er, als George seinen Bericht beendet hatte. «Aus einem erheblichen Teil kann ich mir zwar auch kein Bild machen, aber einige Punkte kann ich Ihnen doch erläutern. Ich war wegen Mardenberg, Ihres schwarzbärtigen Freundes, hier, und Ihr Auftauchen sowie die Art, wie Sie ihn beobachteten, machten mich misstrauisch. Ich konnte Sie nirgends unterbringen. In der vergangenen Nacht schlich ich mich daher in Ihr Zimmer, als Sie es verlassen hatten, und ich war es auch, der das kleine Päckchen unter Ihrem Kopfkissen wegnahm. Als ich es öffnete und feststellte, dass es doch nicht das war, was ich suchte, ergriff ich die erste beste Gelegenheit, es wieder in Ihr Zimmer zurückzubringen.»

«Das erklärt die Angelegenheit zumindest teilweise», sagte George nachdenklich. «Ich scheine mich so ziemlich wie ein Esel aufgeführt zu haben.»

«Das würde ich nicht sagen, Sir. Für einen Anfänger waren Sie ungewöhnlich gut. Sie sagten, Sie hätten heute Morgen das Badezimmer aufgesucht und an sich genommen, was hinter der Badewanne versteckt war?»

«Ja. Aber es war nur ein verdammter Liebesbrief», sagte

George düster. «Zum Teufel damit, aber ich hatte wirklich nicht die Absicht, in den Privatangelegenheiten des armen Kerls herumzuschnüffeln.»

«Hätten Sie etwas dagegen, wenn ich ihn mir einmal ansähe, Sir?»

George zog einen zusammengefalteten Brief aus der Tasche und reichte ihn dem Inspector. Dieser faltete ihn auseinander.

«Sie haben vollständig Recht, Sir; aber wenn man dieses kleine i mit den anderen durch Striche verbindet, könnte ich mir vorstellen, dass das Ergebnis ganz anders aussieht. Mein Gott – Sir, das hier ist ein Plan von der Hafenverteidigung von Portsmouth!»

«Was denn!»

«Ja. Wir haben den Gentleman schon seit einiger Zeit beobachtet. Er war für uns jedoch zu gerissen. Arbeitet mit einer Frau zusammen, die den größten Teil der Dreckarbeit erledigt.»

«Eine Frau?», sagte George mit versagender Stimme. «Wie heißt sie denn?»

«Sie hat eine ganze Menge Namen, Sir. Meistens ist sie als Betty Brighteyes bekannt. Eine auffallend gut aussehende Frau übrigens.»

«Betty – Brighteyes», sagte George. «Vielen Dank, Inspector.»

«Verzeihung, Sir – aber Sie sehen gar nicht gut aus.»

«Mir geht es auch nicht gut. Ich bin sehr krank. Vielleicht ist es wirklich besser, ich nehme den nächsten Zug und fahre nach London zurück.»

Der Inspector blickte auf seine Uhr.

«Ich fürchte, das ist ein Bummelzug, Sir. Warten Sie lieber auf den Schnellzug.»

«Das ist egal», sagte George düster. «Einen Zug, der langsamer fährt als derjenige, mit dem ich gestern gekommen bin, gibt es gar nicht.»

Als George wieder in einem Abteil erster Klasse saß, überflog er gelangweilt die Tagesnachrichten. Plötzlich setzte er sich kerzengerade hin und starrte auf die Seite vor seinen Augen.

«Eine romantische Hochzeit fand gestern in London statt, als Lord Roland Gaigh, zweiter Sohn des Marquis of Axminster, mit der Großherzogin Anastasia von Katonien getraut wurde. Die Zeremonie wurde streng geheim gehalten. Seit dem Aufstand in Katonien lebte die Großherzogin mit ihrem Onkel in Paris. Sie lernte Lord Roland kennen, als dieser Sekretär an der britischen Gesandtschaft in Katonien war, und ihre Zuneigung datiert aus dieser Zeit.»

«Jetzt bin ich aber...»

Mr Rowland fiel nichts ein, was kräftig genug gewesen wäre, seine Gefühle auszudrücken. Statt dessen starrte er weiter ins Leere. Der Zug hielt auf einem kleinen Bahnhof, und eine Dame stieg ein. Sie setzte sich ihm gegenüber.

«Guten Morgen, George», sagte sie sanft.

«Ach du lieber Himmel!», rief George. «Elizabeth!»

Sie lächelte ihn an. Wenn möglich, war sie noch bezaubernder als jemals zuvor.

«Sehen Sie mich an», rief George und umklammerte seinen Kopf. «Verraten Sie mir um alles auf der Welt eines: Sind Sie die Großherzogin Anastasia, oder sind Sie Betty Brighteyes?»

Sie starrte ihn an. «Ich bin weder die eine noch die andere. Ich heiße Elizabeth Gaigh. Und jetzt kann ich Ihnen auch alles erzählen. Entschuldigen muss ich mich übrigens auch noch. Sehen Sie – mein Bruder Roland war schon immer verliebt in Alexa...»

«Meinen Sie damit die Großherzogin?»

«Ja. Von der Familie wird sie so genannt. Wie ich also bereits sagte, war Roland schon immer in Alexa verliebt – und sie in ihn. Und dann kam die Revolution, und Alexa war in Paris, und sie wollten alles gerade fest abmachen, als der alte Stürm, der Kanzler, auftauchte und darauf bestand, Alexa mitzunehmen und sie zu zwingen, Prinz Karl zu heiraten, ihren Cousin, einen schrecklich verpickelten Menschen ...»

«Ich glaube, ich bin ihm schon begegnet», sagte George.

«Den sie von ganzem Herzen hasst. Und der alte Prinz Osric, ihr Onkel, verbot ihr, Roland jemals wiederzusehen. Daraufhin floh sie nach England, und ich fuhr nach London und traf sie dort, und dann schickten wir Roland, der gerade in Schottland war, ein Telegramm. Und ausgerechnet in der allerletzten Minute, als wir in einem Taxi zum Standesamt fuhren, begegneten wir auch noch dem alten Prinz Osric, der ebenfalls in einem Taxi saß und uns erkannte. Natürlich verfolgte er uns, und wir waren mit unserem Latein bereits am Ende, weil er uns bestimmt eine ganz fürchterliche Szene gemacht hätte, und andererseits ist er ihr Vormund. Dann hatte ich die glänzende Idee, unsere Rollen zu vertauschen. Bis auf die Nasenspitze kann man heutzutage von einem Mädchen praktisch nichts sehen. Ich setzte also Alexas roten Hut auf, zog ihren braunen Mantel an, und sie zog stattdessen meinen grauen über. Dann ließen wir uns vom Taxi zur Waterloo Station fahren, und ich sprang hinaus und lief in den Bahnhof. Der alte Osric rannte sofort hinter dem roten Hut her, ohne an die andere Insassin des Taxis zu denken, die sich in eine Ecke gedrückt hatte; mein Gesicht konnte er natürlich nicht erkennen. Deshalb stürzte ich einfach in Ihr Abteil und unterwarf mich Ihrer Barmherzigkeit.»

«Bis dahin habe ich alles verstanden», sagte George. «Aber der Rest ist mir immer noch unklar.»

«Ich weiß. Und deswegen muss ich mich doch auch bei

Ihnen entschuldigen. Hoffentlich sind Sie mir nicht allzu böse. Aber Sie schienen so versessen darauf zu sein, dass es sich tatsächlich um ein Geheimnis handelte – wie in Romanen, und deshalb konnte ich der Versuchung einfach nicht widerstehen. Auf dem Bahnsteig suchte ich mir einen möglichst finster aussehenden Mann aus und sagte, Sie sollten ihn beschatten. Und dann steckte ich Ihnen noch das Päckchen zu.»

«In welchem sich ein Ehering befand.»

«Ja. Alexa und ich haben ihn gekauft, weil Roland erst kurz vor der Hochzeit aus Schottland zurückkam. Und natürlich wusste ich, dass sie ihn nicht mehr brauchten, wenn ich wieder in London wäre – dass sie stattdessen einen Gardinenring oder etwas Ähnliches nehmen müssten.»

«Ich verstehe», sagte George. «Es ist wie immer bei solchen Geschichten – wenn man es weiß, ist alles ganz einfach! Erlauben Sie, Elizabeth!»

Er streifte ihren linken Handschuh ab, und beim Anblick ihres ungeschmückten Ringfingers stieß er einen Seufzer der Erleichterung aus.

«Dann ist es gut», bemerkte er. «Dieser Ring ist also doch nicht vergeudet.»

«Oh!», rief Elizabeth, «aber ich weiß doch noch gar nichts über Sie!»

«Du weißt, wie reizend ich bin», sagte George. «Übrigens ist mir gerade eingefallen, dass du dann natürlich Lady Elizabeth Gaigh bist.»

«Ach, George – bist du etwa ein Snob?»

«Genaugenommen stimmt es ziemlich. Mein schönster Traum war der, als ich King George eine halbe Krone borgte, damit er über das Wochenende nicht ohne Geld war. Aber ich dachte eben an meinen Onkel – das ist der, dem ich mich entfremdet habe. Dieser Onkel ist ein entsetzlicher

Snob. Wenn er erfährt, dass ich dich heiraten werde und wir damit einen Titel in der Familie haben, wird er mich sofort zu seinem Teilhaber machen!»

«Oh! George – ist er sehr reich?»

«Elizabeth, bist du geldgierig?»

«Sehr. Ich gebe rasend gern Geld aus. Aber vor allem dachte ich an Vater: fünf Töchter, jede bildschön und blaublütig. Er verzehrt sich förmlich nach einem reichen Schwiegersohn.»

«Hm», sagte George. «Es wird dann also eine jener Ehen, die im Himmel geschlossen und auf Erden erprobt werden. Werden wir in Rowland's Castle wohnen? Mit dir als Ehefrau machen sie mich dort bestimmt zum Oberbürgermeister. Ach, Elizabeth – Liebling, wahrscheinlich ist es ein Verstoß gegen die gesellschaftlichen Sitten, aber ich muss dir einfach einen Kuss geben!»

Der seltsame Fall des Sir Arthur Carmichael

Nach den Aufzeichnungen des hervorragenden Psychologen Dr. Edward Carstairs, M. D.

Ich bin mir vollkommen klar, dass man die seltsamen und tragischen Ereignisse, die ich hier niederschreibe, auf zwei völlig verschiedene Weisen betrachten kann. Meine eigene Ansicht darüber stand allerdings immer fest. Man hat mich überredet, die Geschichte ausführlich aufzuzeichnen, und ich glaube wirklich, dass man der Wissenschaft zuliebe verpflichtet ist, derartige seltsame und unerklärliche Tatsachen nicht in Vergessenheit geraten zu lassen.

Was mich zuerst mit dieser Angelegenheit in Kontakt brachte, war ein Telegramm meines Freundes Dr. Settle. Bis auf die Nennung des Namens Carmichael war das Telegramm keineswegs deutlich, aber seiner Aufforderung entsprechend, nahm ich den Zug, der um 12.20 von Paddington nach Wolden in der Grafschaft Herfordshire abging.

Der Name Carmichael war mir nicht unbekannt. Obgleich ich den verstorbenen Sir William Carmichael of Wolden in den letzten elf Jahren nicht mehr gesehen hatte, waren wir doch flüchtig miteinander bekannt gewesen. Er hatte, wie ich wusste, einen Sohn, den gegenwärtigen Baronet, der inzwischen ein junger Mann von dreiundzwanzig Jahren sein musste. Dunkel erinnerte ich mich ferner der Gerüchte über Sir Williams zweite Ehe; bis auf einen undeutlichen Eindruck, der für die zweite Lady Carmichael nachteilig war, fielen mir jedoch keine Einzelheiten ein.

Settle erwartete mich am Bahnhof.

«Nett von dir, dass du gekommen bist», sagte er, als er meine Hand drückte.

«Das ist doch selbstverständlich. Soviel ich begriffen habe, scheint es sich um einen Fall zu handeln, der in mein Gebiet fällt?»

«Haargenau!»

«Also ein Fall von Geisteskrankheit?», fragte ich. «Hat er irgendwelche besonderen Kennzeichen?»

Wir hatten inzwischen mein Gepäck abgeholt, saßen in einem Dogcart und fuhren vom Bahnhof in Richtung Wolden, das etwa drei Meilen entfernt war. Settle beantwortete meine Frage zuerst nicht. Dann brach es plötzlich aus ihm heraus.

«Die ganze Geschichte ist vollkommen unbegreiflich! Da ist ein junger Mann, dreiundzwanzig Jahre alt und in jeder Hinsicht durchaus normal. Ein netter, liebenswerter Junge mit nicht mehr als der ihm zustehenden Portion Blasiertheit, vielleicht kein brillanter Intellektueller, aber ein typisches Exemplar des jungen Engländers aus der normalen Oberschicht. Geht eines Abends, gesund und munter wie üblich, zu Bett, und am nächsten Morgen wird er im Dorf aufgegriffen, wo er in halb idiotischem Zustand umherwandert und nicht einmal seine nächsten und liebsten Mitmenschen erkennt.»

«Aha!», sagte ich interessiert. Dieser Fall versprach tatsächlich, äußerst interessant zu werden. «Vollständiger Verlust des Gedächtnisses? Und das passierte …?»

«Gestern Vormittag. Am neunten August.»

«Und vorausgegangen ist nichts – kein Schock, soweit dir bekannt ist –, keine Erklärung für diesen Zustand?»

«Nichts.»

Plötzlich wurde ich misstrauisch.

«Verschweigst du mir irgendetwas?»

«N-nein.»

Sein Zögern bestärkte mein Misstrauen.

«Ich muss alles wissen.»

«Mit Arthur hat es nichts zu tun. Es hängt mit – mit dem Haus zusammen.»

«Mit dem Haus», wiederholte ich erstaunt.

«Du hast dich doch häufig mit derartigen Dingen zu beschäftigen, nicht wahr, Carstairs? Du hast doch selbst so genannte ‹Spukhäuser› untersucht. Was hältst du von solchen Erscheinungen?»

«In neun von zehn Fällen sind sie reiner Schwindel», erwiderte ich. «Der zehnte allerdings – nun ja, ich bin dabei auf Phänomene gestoßen, die vom gewöhnlichen materialistischen Standpunkt aus absolut unerklärbar sind. Ich bin überzeugt, dass es gewisse *occulta* gibt.»

Settle nickte. Wir waren gerade in den Park eingebogen. Mit der Peitsche deutete er auf ein flaches weißes Herrenhaus am Abhang des Hügels.

«Das ist das Haus», sagte er. «Und – irgendetwas steckt in diesem Haus, irgendetwas Unheimliches, Entsetzliches. Wir alle spüren es … Und ich bin wirklich kein abergläubischer Mensch …»

«In welcher Art äußert es sich?», fragte ich.

Er starrte vor sich hin. «Mir wäre es lieber, wenn du es vorher nicht weißt. Verstehst du: Wenn du – unvoreingenommen – hierher kommst – nichts Genaues weißt – und es dann auch siehst – vielleicht …»

«Gut», sagte ich, «sicher ist es besser so. Ich wäre allerdings froh, wenn du mir ein bisschen mehr über die Familie erzähltest.»

«Sir William», sagte Settle, «war zweimal verheiratet. Arthur ist das Kind aus erster Ehe. Vor neun Jahren heiratete er noch einmal, und die gegenwärtige Lady Carmichael ist so etwas wie ein Geheimnis. Sie ist Halbengländerin, und im Übrigen nehme ich beinahe an, dass asiatisches Blut in ihren Adern fließt.»

Er verstummte.

«Settle», sagte ich, «du magst Lady Carmichael nicht.»

Er gab es offen zu. «Das stimmt. Auf mich macht sie immer den Eindruck, als läge irgendetwas Unheilvolles über ihr. Um aber weiterzuberichten: Von seiner zweiten Frau hatte Sir William ebenfalls ein Kind, auch einen Jungen, der jetzt acht Jahre alt ist. Sir William starb vor drei Jahren, und Arthur erbte Titel und Besitz. Seine Stiefmutter und sein Halbbruder wohnen weiterhin bei ihm in ‹Wolden›. Der Besitz ist, was du auch wissen musst, ziemlich heruntergewirtschaftet. Fast die gesamten Einnahmen Sir Arthurs gehen für die Erhaltung drauf. Mehr als ein paar hundert Pfund konnte Sir William seiner Frau nicht vermachen, aber glücklicherweise ist Arthur mit seiner Stiefmutter immer glänzend ausgekommen, und so war er äußerst froh, dass sie weiterhin bei ihm wohnt. Dann ...»

«Ja?»

«Vor zwei Monaten verlobte Arthur sich mit Miss Phyllis Patterson, einem bezaubernden Mädchen.» Mit gedämpfter Stimme, in der ein Anflug von Mitgefühl anklang, fügte er noch hinzu: «Nächsten Monat wollten sie heiraten. Sie ist jetzt hier. Ihren Kummer kannst du dir vorstellen ...»

Wortlos nickte ich.

Wir fuhren jetzt auf das Haus zu. Zu unserer Rechten fiel der grüne Rasen sanft ab. Und plötzlich erblickte ich ein äußerst reizvolles Bild. Ein junges Mädchen kam langsam über den Rasen zum Haus. Sie trug keinen Hut, und die Sonne steigerte den Glanz ihres wundervollen goldfarbenen Haares. In der Hand trug sie einen großen Korb mit Rosen, und eine wunderschöne Perserkatze strich liebevoll um ihre Füße.

Fragend sah ich Settle an.

«Das ist Miss Patterson», sagte er.

«Armes Mädchen», sagte ich, «armes Mädchen. Welch ein Bild: sie mit den Rosen und der grauen Katze.»

Ich hörte einen leisen Laut und blickte meinen Freund erstaunt an. Die Zügel waren ihm aus den Fingern geglitten, und sein Gesicht war totenblass.

«Was ist los?», rief ich.

Mühsam fasste er sich.

«Nichts», sagte er, «nichts ...»

Wenige Augenblicke später hielten wir vor dem Haus. Ich folgte ihm in das grüne Wohnzimmer, wo der Teetisch gedeckt war.

Eine immer noch schöne Frau mittleren Alters erhob sich bei unserem Eintritt und kam uns mit ausgestreckter Hand entgegen.

«Lady Carmichael, das ist mein Freund Dr. Carstairs.»

Ich kann die instinktive Welle der Abneigung nicht beschreiben, die mich überschwemmte, als ich die mir dargebotene Hand dieser bezaubernden und stattlichen Frau ergriff, die sich mit jener dunklen und sinnlichen Anmut bewegte, aus der Settle auf orientalisches Blut geschlossen hatte.

«Es ist reizend von Ihnen, Dr. Carstairs, dass Sie gekommen sind», sagte sie mit leiser klangvoller Stimme, «und dass Sie versuchen wollen, uns in unserer großen Schwierigkeit zu helfen.»

Ich gab irgendeine triviale Antwort, und sie reichte mir meine Teetasse.

Wenige Minuten später betrat das Mädchen, das ich draußen auf dem Rasen gesehen hatte, ebenfalls das Zimmer. Die Katze war nicht mitgekommen, aber den Korb mit den Rosen hielt sie immer noch in der Hand.

Settle stellte mich vor, und das Mädchen sagte impulsiv:

«Oh, Dr. Carstairs! Dr. Settle hat uns schon so viel von Ihnen erzählt. Und ich habe das sichere Gefühl, dass Sie etwas für den armen Arthur tun können.»

Miss Patterson war wirklich ein überaus reizendes Mädchen, obgleich ihre Wangen blass und ihre Augen von tiefen Schatten umgeben waren.

«Meine liebe junge Dame», sagte ich tröstend, «Sie dürfen jetzt nicht verzweifeln. Diese Fälle von Gedächtnisschwund oder Persönlichkeitsspaltung sind häufig von sehr kurzer Dauer. In jedem Augenblick kann der Patient die volle Gewalt über sich selbst zurückerlangen.»

Sie schüttelte den Kopf. «Ich kann mir nicht vorstellen, dass es sich um Persönlichkeitsspaltung handelt», sagte sie. «Dieser Mensch ist etwas ganz anderes als Arthur. Diese Persönlichkeit hat mit ihm überhaupt nichts zu tun. Das ist nicht Arthur. Ich ...»

Und irgendetwas an dem Ausdruck jener Augen, die auf dem Mädchen ruhten, verriet mir, dass Lady Carmichael für ihre zukünftige Schwiegertochter nicht allzu viel übrig hatte.

Miss Patterson lehnte die Tasse Tee ab, und um die Unterhaltung auf ein unverfängliches Thema zu bringen, sagte ich: «Bekommt Ihr Kätzchen jetzt seine Schale Milch?»

Verwundert blickte sie mich an.

«Das – das Kätzchen?»

«Ja – das Kätzchen, das vor wenigen Augenblicken im Garten bei Ihnen war...»

Ein schepperndes Klirren unterbrach mich. Lady Carmichael hatte die Teekanne umgestoßen, und das heiße Wasser ergoss sich auf den Fußboden. Ich behob den Schaden, und Miss Patterson sah Settle fragend an. Settle erhob sich.

«Vielleicht willst du dir den Patienten einmal anschauen, Carstairs?»

Ich folgte ihm sofort. Miss Patterson begleitete uns. Wir gingen die Treppe hoch, und Settle holte einen Schlüssel aus der Tasche.

«Manchmal geht er auf und davon», erklärte er. «Deshalb schließe ich die Tür gewöhnlich ab, wenn ich das Haus verlasse.»

Er steckte den Schlüssel in das Schloss, und wir traten ein.

Ein junger Mann saß am Fenster, durch das die letzten Strahlen der untergehenden Sonne breit und gelblich hereinfielen. Er saß merkwürdig ruhig, beinahe zusammengekauert, und jeder Muskel seines Körpers schien entspannt zu sein. Zuerst glaubte ich, unsere Gegenwart wäre ihm gar nicht bewusst, bis ich plötzlich sah, dass er uns gespannt beobachtete, obgleich seine Augenlider sich überhaupt nicht bewegten. Seine Augen blickten zu Boden, als ich ihn ansah, und er blinzelte. Aber er rührte sich nicht.

«Steh auf, Arthur», sagte Settle aufmunternd. «Miss Patterson und ein Freund von mir wollen dich besuchen.»

Aber der junge Mann am Fenster blinzelte nur. Dennoch merkte ich wenig später, dass er uns wieder beobachtete – heimlich und verstohlen.

«Möchtest du eine Tasse Tee?», fragte Settle immer noch laut und aufmunternd, als spräche er mit einem Kind.

Er stellte eine Tasse Milch auf den Tisch. Überrascht zog ich die Augenbrauen hoch, und Settle lächelte.

«Eine merkwürdige Sache», sagte er, «aber er rührt nur noch Milch an.»

Im nächsten Augenblick rollte Sir Arthur sich, ohne sich ungebührlich zu beeilen, auseinander, Glied für Glied, und ging langsam zum Tisch hinüber. Ich merkte plötzlich, dass seine Bewegungen vollkommen lautlos waren und seine Füße beim Gehen kein noch so leises Geräusch verursachten. Und als er den Tisch erreicht hatte, streckte er sich gewaltig, indem er das eine Bein weit nach vorn stellte und das andere nach hinten reckte. Diese Stellung trieb er bis zur äußersten Grenze, und dann gähnte er. Noch nie hatte ich ein derartiges Gähnen erlebt! Es schien sein ganzes Gesicht zu verschlucken.

Dann wandte er seine Aufmerksamkeit der Milch zu und beugte den Kopf zum Tisch hinunter, bis seine Lippen die Flüssigkeit berührten.

Settle beantwortete meinen fragenden Blick.

«Die Hände benutzt er überhaupt nicht mehr. Ist anscheinend in ein primitives Stadium zurückverfallen. Merkwürdig, was?»

Ich spürte, wie Miss Patterson schaudernd bei mir Halt suchte, und beruhigend legte ich meine Hand auf ihren Arm.

Die Milch war schließlich ausgetrunken, und noch einmal reckte Arthur Carmichael sich, um dann mit den gleichen geräuschlosen Schritten zum Fenster zurückzukehren, wo er sich zusammengekauert wieder hinsetzte und uns anblinzelte.

Miss Patterson zog uns in den Korridor hinaus. Sie zitterte am ganzen Körper.

«Oh, Dr. Carstairs!», rief sie. «Das ist nicht Arthur – das da drinnen ist nicht Arthur! Ich würde es spüren – ich würde es wissen ...»

Betrübt schüttelte ich den Kopf.

«Der Verstand kann einem manchmal seltsame Streiche spielen, Miss Patterson», sagte ich.

Ich gestehe, dass der Fall mich irritierte. Er besaß einige ungewöhnliche Züge. Obgleich ich den jungen Carmichael bisher noch nie gesehen hatte, erinnerten mich seine merkwürdige Art des Gehens und die Art, wie er blinzelte, an irgendetwas, das ich nirgends richtig einordnen konnte.

Das Abendessen an jenem Abend war eine schweigsame Angelegenheit, und die Hauptlast der Unterhaltung lag auf Lady Carmichael und mir. Als die Damen sich zurückzogen, fragte mich Settle, was für einen Eindruck unsere Gastgeberin auf mich mache.

«Ich muss gestehen», sagte ich, «dass ich ohne Grund und Veranlassung eine starke Abneigung gegen sie empfinde. Du hattest völlig Recht damit, dass sie östliches Blut hat, und ich möchte fast sagen, dass sie deutliche okkulte Kräfte besitzt. Sie ist eine Frau von fast magnetischer Anziehungskraft.»

Settle schien etwas sagen zu wollen, beherrschte sich dann jedoch und bemerkte lediglich nach kurzer Pause: «Ihrem kleinen Sohn ist sie restlos ergeben.»

Nach dem Abendessen saßen wir wieder im grünen Wohnzimmer. Wir hatten gerade den Kaffee getrunken und unterhielten uns ziemlich förmlich über die Themen des Tages, als die Katze anfing, vor der Tür jämmerlich zu miauen. Niemand nahm davon Notiz, und da ich Tiere sehr gern habe, erhob ich mich kurz darauf.

«Darf ich das arme Tier hereinlassen?», fragte ich Lady Carmichael.

Ihr Gesicht wirkte sehr blass, wie mir schien, aber mit dem Kopf machte sie eine leichte Bewegung, die ich als Zustimmung deutete, so dass ich zur Tür ging und öffnete. Draußen im Korridor war jedoch nichts zu sehen.

«Seltsam», sagte ich. «Ich hätte schwören können, eine Katze gehört zu haben.»

Als ich zu meinem Sessel zurückging, fiel mir auf, dass alle mich gespannt beobachteten. Irgendwie fühlte ich mich dadurch etwas unbehaglich.

Wir gingen zeitig zu Bett. Settle begleitete mich in mein Zimmer. «Hast du alles, was du brauchst?», fragte er und sah sich um.

«Ja – danke.»

Immer noch stand er missmutig in meinem Zimmer herum, als wollte er etwas sagen, könnte sich jedoch nicht dazu entschließen.

«Übrigens», bemerkte ich, «hast du gesagt, dass an diesem Haus etwas Unheimliches wäre. Bis jetzt macht es jedoch einen äußerst normalen Eindruck.»

«Bezeichnest du es etwa als ein fröhliches Haus?»

«Unter den gegebenen Umständen wohl kaum. Offensichtlich ist es von einem großen Kummer überschattet. Aber hinsichtlich irgendwelcher anomalen Einflüsse würde ich ihm jederzeit ein Unbedenklichkeitsattest ausstellen.»

«Gute Nacht», sagte Settle unvermittelt. «Und angenehme Träume.»

Träumen tat ich allerdings. Miss Pattersons graue Katze schien selbst auf meine Seele einen tiefen Eindruck gemacht zu haben. Zumindest hatte ich das Gefühl, die ganze Nacht nur von diesem elenden Tier geträumt zu haben.

Mit einem Ruck aus dem Schlaf hochfahrend, wurde mir plötzlich klar, was diese Katze zwangsweise in meine Gedanken einschaltete: Das Geschöpf saß vor meiner Tür und miaute beharrlich. Unmöglich zu schlafen, solange dieser Lärm andauerte. Ich zündete also meine Kerze an und ging zur Tür. Aber im Korridor vor meinem Zimmer war niemand, obgleich das Miauen weiterging. Ein neuer Gedanke kam mir. Das unglückliche Tier war vielleicht irgendwo eingeschlossen und konnte nicht wieder heraus. Links von meiner Tür war der Korridor zu Ende, und dort lag Lady Carmichaels Zimmer. Ich wandte mich daher nach rechts und hatte gerade erst ein paar Schritte gemacht, als der Lärm plötzlich hinter mir losging. Ich fuhr herum, und dann hörte ich es wieder – diesmal ganz deutlich rechts von mir.

Irgendetwas – wahrscheinlich die kalte Zugluft auf dem Korridor – ließ mich erschauern, und ich kehrte direkt in mein Zimmer zurück. Alles war jetzt still, und bald darauf war ich wieder eingeschlafen – um am Morgen eines strahlenden Sommertages aufzuwachen.

Während ich mich ankleidete, sah ich von meinem Fenster aus den Störenfried meiner Nachtruhe. Die graue Katze schlich langsam und heimlich über den Rasen. Ihr Angriffsziel war meiner Ansicht nach ein kleiner Vogelschwarm, der ganz in der Nähe damit beschäftigt war, laut zu schilpen und sich zu putzen.

Und dann passierte etwas sehr Merkwürdiges. Die Katze kam heran und ging mitten zwischen den Vögeln hindurch, wobei ihr Fell die Vögel beinahe berührte – und sie flogen nicht auf. Ich konnte es nicht begreifen; die Geschichte schien mir unfasslich.

Sie beeindruckte mich so sehr, dass ich beim Frühstück nicht umhin konnte, sie zu erwähnen.

«Wissen Sie eigentlich», sagte ich zu Lady Carmichael, «dass Sie eine sehr ungewöhnliche Katze besitzen?»

Ich hörte das Klirren einer Tasse auf einer Untertasse und bemerkte, dass Miss Patterson mich – den Mund leicht geöffnet und schnell atmend – erwartungsvoll anstarrte.

Es folgte eine minutenlange Stille, und dann sagte Lady Carmichael in einer deutlich missbilligenden Weise: «Ich glaube, Sie haben sich geirrt. In diesem Hause gibt es keine Katze. Noch nie habe ich eine Katze besessen.»

Es war klar, dass es mir gelungen war, mitten in ein Fettnäpfchen zu treten, und so wechselte ich schnell das Thema.

Aber die Angelegenheit irritierte mich. Warum hatte Lady Carmichael erklärt, in ihrem Hause gäbe es keine Katze? Gehörte sie vielleicht Miss Patterson, und wurde ihre Anwesenheit der Hausherrin gegenüber verheimlicht? Vielleicht hatte

Lady Carmichael eine dieser seltsamen Antipathien gegen Katzen, die man heutzutage so oft antrifft.

Diese Erklärung war zwar nicht gerade plausibel, aber es blieb mir im Augenblick nichts anderes übrig, als mich mit ihr zufrieden zu geben.

Unser Patient befand sich noch im gleichen Zustand. Dieses Mal untersuchte ich ihn gründlich und konnte ihn genauer beobachten als am Abend zuvor. Auf meinen Vorschlag hin wurde das Notwendige veranlasst, dass er möglichst oft mit der Familie zusammen sein konnte. Ich hoffte nicht nur, so eine bessere Gelegenheit zu bekommen, ihn zu beobachten, da er weniger auf der Hut sein würde, sondern auch, dass der übliche Tagesablauf irgendeinen Funken von Intelligenz erwecken würde. Sein Verhalten blieb jedoch unverändert. Er war ruhig und fügsam, wirkte beinahe gedankenlos, war jedoch in Wirklichkeit von gespannter und fast unheimlicher Wachsamkeit. Zumindest eines bedeutete allerdings eine Überraschung für mich: seine innige Zuneigung zur Stiefmutter. Miss Patterson übersah er völlig; aber immer gelang es ihm, so dicht wie möglich neben Lady Carmichael zu sitzen, und einmal sah ich, wie er – ein einfältiger Ausdruck der Liebe – seinen Kopf an ihrer Schulter rieb.

Der Fall machte mir Sorgen. Immer wieder hatte ich jedoch das Gefühl, dass es irgendeinen Hinweis auf die ganze Angelegenheit geben müsste, der mir bisher entgangen war.

«Ein äußerst seltsamer Fall», sagte ich zu Settle.

«Ja», sagte er, «und sehr – sehr suggestiv.»

Er blickte mich an, meiner Ansicht nach ziemlich unsicher.

«Sag mal – erinnert Arthur dich vielleicht an irgendetwas?»

Seine Worte waren mir unangenehm, da sie mich an meinen Eindruck vom Vortag erinnerten.

«An was soll er mich erinnern?», fragte ich.

Er schüttelte den Kopf.

«Vielleicht ist es auch nur Einbildung», murmelte er, «nichts als Einbildung.»

Und mehr wollte er zu der Angelegenheit nicht sagen.

Alles in allem steckte in dem Fall irgendein Geheimnis. Ich war immer noch ganz besessen von dem verwirrenden Gefühl, jenen Hinweis übersehen zu haben, der den Schlüssel zu allem bildete. Und in einem weniger wichtigen Punkte steckte ebenfalls ein Geheimnis. Ich meine die belanglose Sache mit der grauen Katze. Aus irgendeinem Grund ging die Geschichte mir auf die Nerven. Ich träumte von Katzen, und ständig bildete ich mir ein, ihr Miauen zu hören. Hin und wieder sah ich das bildschöne Tier flüchtig von weitem. Und die Tatsache, dass mit ihm irgendein Geheimnis verbunden war, ärgerte mich maßlos. Einem plötzlichen Impuls folgend, wandte ich mich eines Nachmittags an den Diener, um von ihm etwas zu erfahren.

«Können Sie», sagte ich, «mir vielleicht etwas über die Katze verraten, die ich hier gesehen habe?»

«Über die Katze, Sir?» Er machte einen höflich erstaunten Eindruck.

«Gab es hier – gibt es hier – keine Katze?»

«Ihre Ladyship besaßen einmal eine Katze, Sir. Ein sehr hübsches Tier. Sie musste jedoch beseitigt werden. Ein Jammer, denn das Tier war wirklich bildschön.»

«War es eine graue Katze?», fragte ich langsam.

«Ja, Sir. Eine Perserkatze.»

«Und sie wurde getötet?»

«Ja, Sir.»

«Sind Sie ganz sicher, dass sie getötet wurde?»

«Vollkommen sicher, Sir. Ihre Ladyship wollten den Tierarzt nicht kommen lassen – sondern taten es selbst. Vor knapp einer Woche. Das Tier wurde dann unter der Rotbuche begraben, Sir.»

Nach diesen Worten verließ er das Zimmer und überließ mich meinen Gedanken.

Warum hatte Lady Carmichael so entschieden behauptet, sie hätte nie eine Katze besessen?

Intuitiv hatte ich das Gefühl, diese an sich belanglose Angelegenheit mit der Katze sei in gewisser Weise bedeutungsvoll. Ich fand Settle und nahm ihn beiseite.

«Settle», sagte ich, «ich möchte dich etwas fragen. Hast du in diesem Haus bisher eine Katze sowohl gesehen als gehört – oder nicht?»

Meine Frage schien ihn keineswegs zu überraschen; er schien sie direkt erwartet zu haben.

«Gehört habe ich sie», sagte er, «aber gesehen noch nicht.»

«Aber damals bei meiner Ankunft!», rief ich. «Auf dem Rasen, zusammen mit Miss Patterson!»

Er sah mich fest an.

«Ich sah Miss Patterson über den Rasen gehen. Sonst nichts.»

Ich begann zu begreifen. «Dann», sagte ich, «ist die Katze...»

Er nickte.

«Ich wollte feststellen, ob du – unvoreingenommen – hören würdest, was wir alle hören...»

«Ihr anderen hört es also auch?»

Wieder nickte er.

«Es ist seltsam», murmelte ich nachdenklich. «Bisher habe ich keinen Fall gekannt, in dem eine Katze in einem Haus spukt.»

Ich erzählte ihm, was ich von dem Diener erfahren hatte, und er sagte überrascht: «Das ist mir völlig neu! Das habe ich bisher nicht gewusst.»

«Aber was hat es zu bedeuten?», fragte ich einigermaßen hilflos.

Er schüttelte den Kopf. «Das weiß der Himmel! Aber eines will ich dir sagen, Carstairs – ich habe Angst. Die – die Stimme hat einen drohenden Klang.»

«Drohend?», wiederholte ich scharf. «Für wen?»

Er breitete ratlos die Hände aus. «Das kann ich nicht sagen.»

Erst abends, nach dem Essen, erkannte ich die Bedeutung seiner Worte. Wir saßen im grünen Wohnzimmer, wie schon am Abend meiner Ankunft, als es erklang – das laute beharrliche Miauen einer Katze vor der Tür. Aber diesmal klang es unmissverständlich verärgert – ein wütendes Katzenheulen, lang gezogen und drohend. Und dann, als es verstummte, klapperte draußen der messingne Ring, als spielte eine Katze mit ihm.

Settle fuhr zusammen.

«Ich schwöre, dass es keine Einbildung ist», rief er.

Er lief zur Tür und riss sie auf.

Draußen war nichts zu sehen.

Als er zurückkam, wischte er sich die Stirn ab. Phyllis war blass und zitterte, Lady Carmichael hingegen war totenblass. Nur Arthur, der – zufrieden wie ein Kind – auf dem Fußboden hockte und seinen Kopf gegen die Knie seiner Stiefmutter gelehnt hatte, war ruhig und unbeeindruckt.

Miss Patterson legte ihre Hand auf meinen Arm, und wir gingen nach oben.

«Oh, Dr. Carstairs», sagte sie verzweifelt. «Was soll das? Was hat es zu bedeuten?»

«Das wissen wir auch noch nicht, meine liebe junge Dame», sagte ich. «Aber ich bin fest entschlossen, es herauszufinden. Sie dürfen jedoch keine Angst haben. Ich bin überzeugt, dass Sie persönlich vollkommen ungefährdet sind.»

Zweifelnd blickte sie mich an. «Das glauben Sie?»

«Ich bin davon überzeugt», erwiderte ich fest. Ich erinnerte mich der liebevollen Art, wie die Katze um ihre Füße gestrichen war, und hegte nicht die geringsten Befürchtungen. Die Drohung galt nicht ihr.

Eine Zeit lang döste ich vor mich hin, aber schließlich fiel ich in einen unruhigen Schlaf, aus dem ich mit einem Gefühl des Entsetzens aufschrak. Ich hörte ein kratzendes, lärmendes Geräusch, als würde Stoff gewaltsam zerrissen oder zerfetzt. Ich sprang aus dem Bett und lief auf den Korridor; im gleichen Augenblick stürzte Settle aus seinem gegenüberliegenden Zimmer. Das Geräusch kam von links.

«Hast du es auch gehört, Carstairs?», rief er. «Hast du es auch gehört?»

Mit wenigen Schritten waren wir an Lady Carmichaels Tür. Nichts war uns entgegengekommen; das Geräusch war jedoch verstummt. Unsere Kerzen spiegelten sich in der glänzenden Tür von Lady Carmichaels Zimmer. Wir sahen uns an.

«Weißt du, was das war?», flüsterte er beinahe.

Ich nickte. «Eine Katze hat mit ihren Krallen irgendetwas zerfetzt.»

Ein Schauder überlief mich. Plötzlich schrie ich leise auf und hielt die Kerze, die ich in der Hand hatte, tiefer.

«Sieh dir das an, Settle!»

«Das», war ein Sessel, der an der Wand stand – und sein Sitz war in lange Streifen gerissen und zerfetzt…

Wir betrachteten ihn aufmerksam. Settle sah mich an, und ich nickte.

«Katzenkrallen», sagte er und holte tief Luft. «Unmissverständlich.» Sein Blick wanderte vom Sessel zur verschlossenen Tür. «Die Drohung gilt ihr – Lady Carmichael!»

In dieser Nacht konnte ich nicht mehr schlafen. Die Dinge hatten sich bis zu einem Punkt entwickelt, an dem irgendetwas geschehen musste. Soweit ich die Angelegenheit übersah, gab es nur einen einzigen Menschen, der den Schlüssel zu allem in der Hand hielt. Ich hatte den Verdacht, dass Lady Carmichael mehr wusste, als sie sagen wollte.

Sie war totenblass, als sie am nächsten Morgen herunterkam, und stocherte lustlos auf ihrem Teller herum. Ich war überzeugt, dass nur eiserne Entschlossenheit sie vor einem Zusammenbruch bewahrte. Nach dem Frühstück bat ich sie um eine kurze Unterredung. Ich kam sofort zum Thema.

«Lady Carmichael», sagte ich, «ich habe allen Grund zur Annahme, dass Sie sich in einer sehr ernsten Gefahr befinden.»

«Wirklich?» Herausfordernd und wunderbar unbeteiligt stellte sie diese Frage.

«In diesem Haus», fuhr ich fort, «befindet sich irgendetwas – ist irgendetwas vorhanden –, das Ihnen sichtlich feindlich gesinnt ist.»

«So ein Unsinn», murmelte sie erbost. «Als glaubte ich an derartiges Zeug!»

«Der Sessel vor Ihrer Tür», bemerkte ich trocken, «wurde in der letzten Nacht zerfetzt.»

«Wirklich?» Mit hochgezogenen Augenbrauen spielte sie die Überraschte, aber ich sah, dass das, was ich erzählt hatte, ihr nicht neu war. «Wahrscheinlich irgendein dummer Spaß.»

«Das glaube ich nicht», erwiderte ich voller Mitgefühl. «Und ich möchte, dass Sie mir jetzt – um Ihretwillen ...» Ich verstummte.

«Was soll ich?», fragte sie.

«Mir alles erzählen, was in dieser Angelegenheit von Bedeutung sein könnte», sagte ich ernst.

Sie lachte.

«Ich weiß nichts», sagte sie, «absolut nichts!»

Und kein Hinweis auf die drohende Gefahr konnte sie veranlassen, ihre starre Haltung aufzugeben. Dennoch war ich überzeugt, dass sie in Wirklichkeit sehr viel mehr wusste als wir anderen, dass sie irgendeinen Hinweis besaß, von dem wir nicht das Geringste ahnten. Ich sah jedoch auch, dass es unmöglich war, sie zum Sprechen zu bringen.

Ich beschloss indes, jede nur mögliche Vorsichtsmaßnahme zu ergreifen, da ich überzeugt war, dass sie von einer sehr realen und nahe bevorstehenden Gefahr bedroht war. Bevor sie am folgenden Abend auf ihr Zimmer ging, wurde der ganze Raum von Settle und mir gründlich durchsucht. Außerdem hatten wir abgemacht, dass er und ich abwechselnd im Korridor Wache halten würden.

Ich übernahm die erste Wache, die ohne Zwischenfall vorüberging, und um drei Uhr löste Settle mich ab. Nach der schlaflosen Nacht war ich müde und schlief sofort ein. Und dabei hatte ich einen höchst seltsamen Traum.

Ich träumte, die graue Katze säße am Fußende meines Bettes und ihre Augen wären merkwürdig flehend auf mich gerichtet. Mit der Sicherheit des Träumenden wusste ich auf einmal, dass das Tier mich aufforderte, ihm zu folgen. Das tat ich, und es führte mich die große Treppe hinunter und dann nach rechts, in den gegenüberliegenden Flügel des Hauses und in einen Raum, der offenbar die Bibliothek war. Dort blieb das Tier an der einen Wand stehen und hob dann seine Vorderpfoten hoch und stützte sie auf eines der unteren Bücherregale; dabei blickte es mich wieder mit diesem rührenden bittenden Ausdruck an.

Auf einmal verschwanden Katze und Bibliothek; ich erwachte und stellte fest, dass es bereits Morgen war.

Auch Settles Wache war ohne Zwischenfall verlaufen, dafür interessierte er sich brennend für meinen Traum.

Auf mein Verlangen hin führte er mich in die Bibliothek, die in jeder Einzelheit mit meinem Traumbild übereinstimmte. Ich konnte sogar genau auf die Stelle deuten, von der aus das Tier mir den letzten traurigen Blick zugeworfen hatte. Schweigend und verwirrt standen wir beide da. Plötzlich kam mir eine Idee, und ich bückte mich, um die Titel jener Bücher zu lesen, die an dieser einen Stelle standen. Dabei fiel mir auf, dass sich in der Reihe eine Lücke befand.

«Irgendein Buch ist hier herausgenommen worden», sagte ich zu Settle.

Er beugte sich ebenfalls zu dem Regal hinunter.

«Nanu», sagte er. «Hier hinten steckt ein Nagel, an dem ein Stück vom Umschlag des fehlenden Buches hängt.»

Sorgfältig löste er den kleinen Papierfetzen ab; das Stück war zwar nicht größer als knappe drei Zentimeter im Quadrat – aber zwei bedeutungsvolle Wörter standen darauf:

«Die Katze ...»

Wir sahen uns an.

«Jetzt läuft es mir doch kalt über den Rücken», sagte Settle. «Das ist verdammt unheimlich.»

«Ich würde alles darum geben», sagte ich, «wenn ich wüsste, welches Buch hier fehlt. Glaubst du, es besteht eine Möglichkeit, es irgendwie herauszubekommen?»

«Vielleicht existiert irgendwo ein Katalog. Vielleicht weiß Lady Carmichael ...»

Ich schüttelte den Kopf.

«Von Lady Carmichael werden wir nicht das Geringste erfahren.»

«Glaubst du?»

«Davon bin ich überzeugt. Während wir im Dunkeln tappen und uns herumtasten, weiß Lady Carmichael genau Bescheid. Und aus Gründen, die nur sie allein kennt, sagt sie nicht ein einziges Wort. Lieber geht sie das entsetzliche Risiko ein, als ihr Schweigen aufzugeben.»

Der Tag verstrich so ereignislos, dass es mich an die Stille vor dem Sturm erinnerte. Und ich hatte das seltsame Gefühl, die Lösung des Problems stehe dicht bevor. Noch tastete ich völlig im Dunkeln, aber bald würde ich alles erkennen. Die Tatsachen lagen vor aller Augen, klar und deutlich; es bedurfte nur eines kleinen erhellenden Hinweises, der sie zusammenschweißen und ihre Bedeutung zeigen würde.

Und genau das geschah. In der seltsamsten Weise.

Es geschah, als wir – wie gewöhnlich – nach dem Abendessen im grünen Wohnzimmer zusammensaßen. Wir waren sehr schweigsam gewesen – so still, dass eine kleine Maus quer durch das Zimmer rannte. Und im gleichen Augenblick passierte es.

Mit einem einzigen Satz sprang Arthur Carmichael von seinem Sessel. Sein zitternder Körper war pfeilschnell hinter der Maus her. Die Maus war hinter der Wandtäfelung verschwunden; er hockte jedoch geduckt davor, vor Eifer am ganzen Körper bebend, und wartete.

Es war entsetzlich! Noch nie hatte ich dieses lähmende Gefühl verspürt. Jetzt brauchte ich nicht mehr zu grübeln, an was Arthur Carmichael mich mit seinem lautlosen Gang und den wachsamen Augen erinnerte. Wie ein Blitz kam mir plötzlich die Erklärung – wild, unglaubhaft und unfasslich. Ich wies sie als unmöglich zurück, als undenkbar. Aber ich konnte sie nicht aus meinen Überlegungen vertreiben.

Ich kann mich kaum erinnern, was dann noch geschah. Die ganze Situation wirkte verschwommen und unwirklich. Ich weiß nur, dass wir irgendwie nach oben gingen und uns gegenseitig kurz eine gute Nacht wünschten – beinahe so, als fürchteten wir den Blick des anderen, um in ihm nicht die Bestätigung unserer eigenen Befürchtungen zu entdecken.

Settle machte es sich vor Lady Carmichaels Tür bequem, um die erste Wache zu übernehmen, während ich ihn um drei Uhr ablösen sollte. Besondere Befürchtungen für Lady Carmichael hegte ich eigentlich nicht; ich war zu sehr mit meiner phantastischen, unmöglichen Theorie beschäftigt. Ich sagte mir zwar, dass es unmöglich sei – aber fasziniert kehrten meine Gedanken immer wieder zu diesem Punkt zurück.

Und dann zerplatzte plötzlich die Stille der Nacht. Settles Stimme steigerte sich zu einem Schreien; er rief nach mir. Ich stürzte in den Korridor hinaus.

Er hämmerte und trommelte mit aller Kraft an Lady Carmichaels Tür. «Zum Teufel mit dieser Frau!», schrie er. «Sie hat tatsächlich abgeschlossen!»

«Aber…»

«Sie ist drinnen, Menschenskind! Bei ihr drinnen! Hörst du sie denn nicht?»

Durch die verschlossene Tür drang das lang gezogene wütende Jaulen einer Katze. Es folgte ein entsetzlicher Schrei – und noch einer… Ich erkannte Lady Carmichaels Stimme.

«Die Tür!», schrie ich. «Wir müssen sie aufbrechen – sonst ist es zu spät!»

Wir warfen uns mit der Schulter gegen die Tür und versuchten mit aller Kraft, sie einzudrücken. Krachend gab sie nach – und wir fielen beinahe in das Zimmer.

Blutüberströmt lag Lady Carmichael auf ihrem Bett. Selten habe ich einen fürchterlicheren Anblick erlebt. Ihr Herz schlug noch, aber ihre Verletzungen waren entsetzlich, denn an ihrer Kehle war die Haut zerrissen und zerfetzt… Am ganzen Körper zitternd flüsterte ich: «Die Krallen…» Ein Schauder abergläubischen Entsetzens überlief mich.

Sorgfältig säuberte und verband ich die Verletzungen, und dann schlug ich Settle vor, die Art der Verletzungen lieber für uns zu behalten – insbesondere gegenüber Miss Patterson. Schließlich bestellte ich telegrafisch eine Krankenschwester; das Telegramm sollte aufgegeben werden, sobald das Postamt öffnete. Langsam drang die Morgendämmerung durch das Fenster. Ich blickte auf den Rasen hinunter.

«Zieh dich an und komm mit», sagte ich unvermittelt zu Settle. «Lady Carmichael ist im Moment gut aufgehoben.»

Wenig später war er bereit, und gemeinsam gingen wir in den Garten hinaus.

«Was hast du vor?»

«Ich will den Kadaver der Katze ausgraben», sagte ich kurz. «Ich muss es genau wissen ...»

In einem Geräteschuppen fand ich einen Spaten, und dann machten wir uns unter der großen Blutbuche an die Arbeit. Nach einiger Zeit wurde unsere Mühe belohnt. Erfreulich war es nicht; das Tier war immerhin seit einer Woche tot. Aber ich sah, was ich sehen wollte.

«Das ist die Katze», sagte ich. «Dieselbe Katze, die ich hier am Tage meiner Ankunft sah.»

Settle schnupperte. Ein Geruch nach bitteren Mandeln war immer noch wahrnehmbar.

«Blausäure», sagte er.

Ich nickte.

«Was glaubst du?», fragte er neugierig.

«Dasselbe wie du!»

Meine Vermutung war für ihn nicht neu – in seinen Gedanken war sie, wie ich merkte, auch schon aufgetaucht.

«Das ist unmöglich», murmelte er. «Einfach unmöglich! Es spricht gegen jegliche Wissenschaft – gegen die Natur ...»

Seine Stimme wurde immer unsicherer und verstummte.

«Diese Maus gestern Abend», sagte er. «Aber – mein Gott, das kann doch nicht wahr sein!»

«Lady Carmichael», sagte ich, «ist eine sehr seltsame Frau. Sie besitzt okkulte Kräfte – hypnotische Kräfte. Ihre Vorfahren stammen tatsächlich aus dem Osten. Wissen wir, welchen Gebrauch sie gegenüber einem schwachen, liebenswerten Wesen wie Arthur Carmichael davon macht? Und vergiss eines nicht, Settle: Wenn Arthur Carmichael hoffnungslos geistesgestört und ihr ergeben bleibt, gehört der ganze Besitz praktisch ihr und ihrem Sohn – du hast selbst gesagt, sie vergöttere ihn. Und außerdem wollte Arthur heiraten!»

«Aber was machen wir jetzt, Carstairs?»

«Im Augenblick nichts», sagte ich. «Wir können nur versuchen, Lady Carmichael vor der Rache zu schützen.»

Lady Carmichael erholte sich langsam. Ihre Verletzungen heilten von allein so gut, wie man es nur erwarten konnte – wenngleich sie die Narben von diesem Angriff wahrscheinlich bis an ihr Lebensende nicht verlieren würde.

Ich kam mir so hilflos vor wie noch nie. Die Macht, die uns besiegt hatte, war immer noch ungebrochen, unbesiegt, und obgleich sie sich im Augenblick ruhig verhielt, war doch anzunehmen, dass sie nur ihre Zeit abwartete. In einem Punkt war ich fest entschlossen. Sobald Lady Carmichael sich so weit erholt hatte, dass sie transportfähig war, musste sie «Wolden» verlassen. Immerhin bestand die Möglichkeit, dass diese entsetzliche Erscheinung nicht in der Lage war, ihr dann zu folgen. Und so vergingen die Tage.

Den 18. September hatte ich als den Tag festgesetzt, an dem Lady Carmichael weggebracht werden sollte. Am Morgen des 14. September kam es jedoch überraschend zur Krise.

Ich war gerade in der Bibliothek und besprach mit Settle die Einzelheiten von Lady Carmichaels Abreise, als ein aufgeregtes Dienstmädchen in den Raum stürzte.

«O Sir!», rief sie. «Schnell! Mr Arthur – er ist in den Teich gefallen! Er stieg in das Boot, und das Boot trieb mit ihm ab, und dabei hat er das Gleichgewicht verloren und ist ins Wasser gefallen! Ich habe es vom Fenster aus gesehen.»

Ich zögerte keinen Augenblick, sondern lief sofort aus dem Zimmer, gefolgt von Settle. Phyllis stand draußen und hatte den Bericht des Mädchens selbst gehört. Sie lief mit uns hinaus.

«Aber Sie brauchen keine Angst zu haben», rief sie. «Arthur ist ein ausgezeichneter Schwimmer.»

Ich befürchtete jedoch das Schlimmste und beschleunigte mein Tempo. Die Wasseroberfläche des Teiches war spiegelglatt. Das leere Boot trieb langsam dahin – aber von Arthur war nichts zu sehen.

Settle riss sich das Jackett herunter und zog seine Schuhe aus.

«Ich gehe in den Teich», sagte er. «Nimm du den Bootshaken und suche vom zweiten Boot aus. Das Wasser ist nicht tief.»

Die Zeit schien stillzustehen, während wir suchten. Minute folgte auf Minute. Und dann, als wir gerade verzweifelten, fanden wir ihn und brachten den anscheinend leblosen Arthur Carmichael ans Ufer.

Bis an mein Lebensende werde ich den hoffnungslosen, gequälten Ausdruck auf Phyllis' Gesicht nicht vergessen.

«Nicht – nicht …» Ihre Lippen weigerten sich, das entsetzliche Wort zu bilden.

«Nein, nein, meine Liebe», rief ich. «Wir bringen ihn schon wieder zu sich – keine Angst.»

Innerlich hatte ich jedoch kaum noch Hoffnung. Eine halbe Stunde war er unter Wasser gewesen. Ich schickte Settle ins Haus, um vorgewärmte Decken und andere notwendige Dinge zu besorgen, und begann dann mit Wiederbelebungsversuchen.

Angestrengt arbeiteten wir länger als eine Stunde, aber nichts deutete darauf hin, dass noch Leben in Arthur Carmichael war. Mit einer Kopfbewegung bedeutete ich Settle, mich wieder abzulösen, und näherte mich Phyllis.

«Ich fürchte», sagte ich behutsam, «dass es keinen Sinn hat. Wir können Arthur nicht mehr helfen.»

Sie blieb einen Augenblick stumm, ohne sich zu rühren, und dann warf sie sich plötzlich über den leblosen Körper.

«Arthur!», rief sie verzweifelt. «Arthur! Komm zu mir zurück! Arthur – komm zurück – komm zurück!»

Ihre Stimme verhallte langsam. Plötzlich berührte ich Settles Arm. «Da!», sagte ich.

Das Gesicht des Ertrunkenen bekam auf einmal eine Spur von Farbe. Ich fühlte seinen Puls.

«Weiter mit der künstlichen Beatmung!», rief ich. «Er kommt wieder zu sich!»

Die Augenblicke schienen jetzt vorüberzufliegen. Nach wunderbar kurzer Zeit öffneten sich seine Augen.

Und dann entdeckte ich plötzlich auch einen Unterschied: *Das hier waren intelligente Augen, menschliche Augen …*

Ihr Blick ruhte auf Phyllis.

«Tag, Phyllis», sagte er mit schwacher Stimme. «Bist du da? Ich dachte, du kämst erst morgen?»

Irgendetwas zu sagen, traute sie sich noch nicht zu; stattdessen lächelte sie ihn nur an. Zunehmend verwirrt sah er sich um.

«Ja – aber wo bin ich denn? Und – richtig miserabel fühle ich mich. Was ist denn mit mir los? Tag, Dr. Settle!»

«Sie wären beinahe ertrunken – das ist los», erwiderte Settle grimmig.

Sir Arthur schnitt eine Grimasse. «Ich habe früher schon gehört, dass einem hinterher ganz übel ist, wenn man zurückkommt! Aber wie ist es denn passiert? Bin ich etwa im Schlaf gewandelt?»

Settle schüttelte den Kopf.

«Wir müssen ihn ins Haus bringen», sagte ich und trat einen Schritt näher.

Er starrte mich an, und Phyllis stellte mich vor: «Dr. Carstairs, der augenblicklich hier ist.»

Wir nahmen ihn zwischen uns und machten uns auf den Weg zum Haus. Plötzlich blickte er auf, als wäre ihm irgendetwas eingefallen.

«Sagen Sie, Doktor – bis zum zwölften bin ich doch wieder in Ordnung, nicht wahr?»

«Bis zum zwölften?», sagte ich langsam. «Meinen Sie vielleicht den 12. August?»

«Ja – nächsten Freitag.»

«Heute ist der 14. September», sagte Settle unvermittelt. Seine Verwirrung war nicht zu übersehen.

«Aber – aber ich dachte, heute wäre der 8. August? Dann muss ich also krank gewesen sein?»

Phyllis unterbrach ihn sofort mit ihrer behutsamen Stimme.

«Ja», sagte sie, «du bist sehr krank gewesen.»

Er zog die Stirne kraus. «Das verstehe ich nicht. Als ich gestern Abend zu Bett ging, war ich noch kerngesund – das heißt natürlich, wenn es tatsächlich gestern Abend war. Und jetzt fällt mir auch ein, dass ich geträumt habe, geträumt ...» Seine Stirnfalten wurden noch tiefer, während er sich bemühte, sich zu erinnern. «Irgendetwas – was war es denn nur? Irgendetwas Schreckliches – irgendjemand hatte es mir angetan – und ich war wütend – verzweifelt ... Und dann träumte ich, ich wäre eine Katze – ja, eine Katze! Komisch, nicht? Aber der Traum selbst war gar nicht komisch. Er war – fürchterlich war er! Aber ich kann mich nicht mehr genau erinnern. Wenn ich nachdenke, verfliegt alles.»

Ich legte ihm die Hand auf die Schulter. «Versuchen Sie

jetzt nicht erst nachzudenken, Sir Arthur», sagte ich ernst. «Seien Sie zufrieden – dass Sie es vergessen.»

Irritiert sah er mich an und nickte. Ich hörte, wie Phyllis erleichtert aufatmete. Mittlerweile hatten wir das Haus erreicht.

«Übrigens», sagte Arthur plötzlich, «wo ist eigentlich Mutter?»

«Sie ist – sie ist krank gewesen», sagte Phyllis nach kurzem Überlegen.

«Ach! Die arme Mutter!» Seine Stimme verriet ehrliche Besorgnis. «Wo ist sie denn? In ihrem Zimmer?»

«Ja», sagte ich, «aber vielleicht ist es besser, wenn Sie sie jetzt nicht stören ...»

Das Wort erstarb mir auf den Lippen. Die Tür des Wohnzimmers öffnete sich, und in ihren Morgenmantel gehüllt, trat Lady Carmichael in die Diele.

Ihre Augen waren starr auf Arthur gerichtet, und wenn ich jemals den Ausdruck vollkommenen, von Schuld beladenen Entsetzens gesehen habe, dann in diesem Augenblick. Vor wahnwitzigem Entsetzen war ihr Gesicht kaum mehr menschlich. Mit der Hand griff sie sich an die Kehle.

In kindlicher Zuneigung machte Arthur einen Schritt auf sie zu.

«Guten Tag, Mutter! Dich hat es also auch erwischt, was? Das tut mir aber wirklich Leid.»

Sie schrak vor ihm zurück, ihre Augen waren weit aufgerissen. Und plötzlich, mit dem Aufschrei einer verfluchten Seele, stürzte sie rücklings durch die offen stehende Tür.

Ich war sofort bei ihr, beugte mich über sie und nickte Settle zu.

«Los», sagte ich. «Bring ihn vorsichtig nach oben, und komm dann wieder herunter, Lady Carmichael ist tot.»

Nach wenigen Minuten war er wieder da.

«Was ist los?», fragte er. «Wodurch?»

«Durch einen Schock», sagte ich verbissen. «Durch den Schock, Arthur Carmichael, den wirklichen Carmichael, dem Leben wiedergegeben vor sich zu sehen! Oder, wie ich lieber sagen würde: durch ein Gottesurteil!»

«Du meinst ...» Er zögerte.

Ich blickte ihm in die Augen, so dass er verstand.

«Leben um Leben», sagte ich betont.

«Aber ...»

«O nein! Ich weiß, dass ein seltsamer und unvorhergesehener Zufall es der Seele Arthur Carmichaels ermöglichte, in seinen Körper zurückzukehren. Aber trotzdem ist Arthur Carmichael vorher ermordet worden.»

Fast ängstlich blickte er mich an. «Mit Blausäure?», fragte er leise.

«Ja», erwiderte ich. «Mit Blausäure.»

Über das, was wir glaubten, haben Settle und ich nie gesprochen. Aller Wahrscheinlichkeit nach ist es auch unglaubhaft. Entsprechend den orthodoxen Ansichten litt Arthur Carmichael lediglich an Gedächtnisschwund, zerfleischte Lady Carmichael sich den Hals in einem vorübergehenden Anfall von Wahnsinn, und das Auftreten der grauen Katze beruhte auf bloßer Einbildung.

Es existieren jedoch zwei Tatsachen, die meiner Ansicht nach unmissverständlich sind. Da ist einmal der zerfetzte Sessel im Korridor. Der zweite Punkt ist noch bedeutsamer. Tatsächlich wurde der Bibliothekskatalog gefunden, und nach gründlicher Suche zeigte sich, dass es sich bei dem fehlenden Buch um ein altes und seltsames Werk über die Möglichkeiten handelte, menschliche Geschöpfe in Tiere zu verwandeln!

Und schließlich noch etwas. Dankbar kann ich heute sagen, dass Arthur nichts davon weiß. Phyllis hat das Geheimnis dieser Wochen in ihr Herz eingeschlossen, und ich bin überzeugt, dass sie es ihrem Mann nie verraten wird, den sie aufrichtig liebt und der beim Erklingen ihrer Stimme über die Grenze des Grabes wieder zurückkehrte.

Der Traum vom Glück

«Bill umschlang sie mit seinen muskulösen Armen und presste sie an seine Brust. Mit einem tiefen Seufzer bot sie ihm die Lippen zu einem leidenschaftlichen Kuss...»

Seufzend ließ Edward Robinson den Roman *Sieg der Liebe* sinken und starrte durch die Fensterscheibe der Untergrundbahn. Sie fuhren gerade durch Stamford Brook. Edward Robinson dachte an Bill. Das war der hundertprozentig virile Mann, wie ihn Romanschriftstellerinnen sehen. Edward beneidete ihn um seine Muskeln, sein männliches Äußeres und seine phantastische Leidenschaftlichkeit. Er nahm das Buch wieder auf und las noch einmal die Beschreibung der stolzen Marchesa Bianca (derjenigen, die ihre Lippen dargeboten hatte). Ihre Schönheit war so hinreißend, ihr Zauber so berauschend, dass starke Männer von Liebe übermannt vor ihr hinsanken wie Kegel auf einer Kegelbahn.

Natürlich, dachte Edward, ist das alles dummes Zeug. Alles dummes Zeug. Und trotzdem möchte ich mal wissen...

Seine Augen bekamen einen träumerischen Glanz. Gab es vielleicht doch irgendwo eine Welt voll Romantik und Abenteuer? Gab es Frauen, deren Schönheit einem berauschend zu Kopf stieg? Gab es Liebe, die einen verzehrte wie eine Flamme?

Das hier ist das wirkliche Leben, dachte Edward resigniert. So ist es nun einmal. Man muss sich einfach darein schicken, wie alle anderen Menschen auch.

Im Großen und Ganzen musste er sich wohl als einen vom Schicksal begünstigten jungen Mann betrachten. Er hatte einen ausgezeichneten Posten als kaufmännischer Angestellter in einem florierenden Unternehmen. Er war gesund, er brauchte für niemanden zu sorgen, und er war mit Maude verlobt.

Bei dem bloßen Gedanken an Maude jedoch flog ein Schatten über sein Gesicht. Zwar hätte er es nie zugegeben, aber er fürchtete sich etwas vor ihr. Er liebte sie, das schon – noch immer erinnerte er sich, mit welchem Schauer des Entzückens er bei ihrer ersten Begegnung auf Maudes Nacken geblickt hatte, der schlank und weiß aus dem Kragen der billigen Bluse emporrankte. Er hatte im Kino hinter ihr gesessen, und der Freund, mit dem er dort war, hatte sie gekannt und sie beide einander vorgestellt. Ganz ohne Zweifel, Maude war eine fabelhafte Person. Sie sah gut aus, war intelligent und sehr damenhaft, und sie hatte immer Recht, in allen Dingen. Genau der Typ von Mädchen, wie alle Welt ihm versicherte, der eine ausgezeichnete Ehefrau abgeben würde.

Edward überlegte, ob wohl die Marchesa Bianca eine ausgezeichnete Ehefrau abgegeben hätte. Irgendwie bezweifelte er das. Er konnte sich die sinnliche Bianca mit ihren roten Lippen und ihren schwellenden Rundungen nicht vorstellen, wie sie beispielsweise für den maskulinen Bill die Hemdenknöpfe annähte. Nein, Bianca war eine romantische Phantasiegestalt, dieses hier war das wirkliche Leben. Er und Maude würden bestimmt sehr glücklich miteinander werden. Sie war so praktisch und vernünftig...

Aber trotzdem wünschte er manchmal, sie wäre nicht so – nun, so kategorisch in ihrer Art. So schnell bereit, ihm «über den Schnabel zu fahren».

Das lag natürlich an ihrem vorausschauenden, praktischen Wesen. Maude war sehr vernünftig. Und Edward war für gewöhnlich ebenfalls sehr vernünftig, aber manchmal... Er hatte zum Beispiel schon dieses Jahr zu Weihnachten heiraten wollen. Maude dagegen hatte ihm erklärt, wie viel vernünftiger es doch sei, noch ein Weilchen zu warten – ein Jahr oder auch zwei vielleicht. Sein Gehalt war nicht sehr hoch. Er hatte ihr einen teuren Ring schenken wollen – sie war entsetzt gewesen und hatte ihn gezwungen, den Ring zurückzubringen und gegen einen billigeren einzutauschen. Sie besaß nur Qualitäten, aber Edward wünschte manchmal, sie hätte mehr Fehler und weniger Tugenden. Es war ihre Vortrefflichkeit, die ihn manchmal zu verzweifelten Entschlüssen trieb.

Zum Beispiel …

Schuldbewusste Röte überzog sein Gesicht. Er musste es ihr sagen – und zwar bald. Sein schlechtes Gewissen bewirkte bereits, dass er sich seltsam benahm. Morgen war Heiligabend, der erste von drei Feiertagen. Maude hatte ihm vorgeschlagen, den Tag mit ihr und ihrer Familie zu verbringen, und auf eine plumpe, dumme Art, eine Art, die fast zwangsläufig ihr Misstrauen erregen musste, hatte er sich herausgeredet – hatte ihr eine langatmige Geschichte von einem Freund aufgetischt, der auf dem Land lebe und den zu besuchen er fest versprochen habe.

Es gab gar keinen Freund auf dem Land. Es gab nur sein schlechtes Gewissen.

Vor drei Monaten hatte Edward Robinson sich zusammen mit ein paar hunderttausend anderen jungen Männern an einem Zeitungspreisausschreiben beteiligt. Zwölf Mädchennamen sollten in der Reihenfolge ihrer Beliebtheit angeordnet werden. Und da hatte Edward einen glänzenden Einfall gehabt. Sein eigenes Urteil war mit Sicherheit falsch – diese Erfahrung hatte er bei ähnlichen Wettbewerben schon oft gemacht. Er hatte also die Namen zuerst in der Reihenfolge aufgeschrieben, die seinem eigenen Geschmack entsprach, und sie sodann ein zweites Mal notiert, wobei er jeweils zwischen den ersten und den letztplatzierten Namen seiner ursprünglichen Liste abwechselte. Als das Ergebnis verkündet wurde, hatte Edward von den zwölf Namen acht richtig getroffen und erhielt den ersten Preis von fünfhundert Pfund. Er ließ es sich nicht nehmen, dieses Resultat, das man ohne weiteres einem glücklichen Zufall hätte zuschreiben können, als direktes Ergebnis seines «Systems» zu betrachten, und war außerordentlich stolz auf sich.

Das nächste Problem war: Was sollte er mit den fünfhundert Pfund anfangen? Er wusste sehr gut, was Maude sagen würde. Lege es an – als Startkapital für unsere Zukunft. Und Maude hätte natürlich ganz Recht, das war ihm klar. Doch Geld, das man in einem Preisausschreiben gewonnen hatte, das war seinem Gefühl nach etwas Besonderes.

Hätte er das Geld durch eine Erbschaft erhalten, so würde er selbstverständlich jeden Penny in Staatsanleihen oder Sparbriefen angelegt haben. Aber ein Glückstreffer, den man durch ein paar Federstriche erzielt hatte, gehörte für Edward ungefähr in die gleiche Kategorie wie der Sixpence, den man einem Kind zusteckte, damit es sich «etwas Schönes» dafür kaufe.

Und in einem bestimmten Schaufenster, an dem er tagtäglich auf dem Weg ins Büro vorbeiging, befand sich «etwas Schönes», der Traum aller Träume, ein kleiner Zweisitzer mit langer, spiegelblanker Kühlerhaube und darauf in dicken Ziffern der Preis: 465 Pfund.

«Wenn ich reich wäre», hatte Edward Tag für Tag zu dem Auto gesagt, «wenn ich reich wäre, dann gehörtest du mir.»

Und nun war er – wenn schon nicht reich, so doch im Besitz einer Summe, die es ihm erlaubte, seinen Traum zu verwirklichen. Der Wagen, dieses wunderschöne, chromglänzende Prachtstück, war sein, er brauchte ihn nur zu bezahlen.

Er hatte vorgehabt, Maude von dem Geld zu erzählen. Damit wäre er vor jeder Versuchung gefeit gewesen. Angesichts ihrer Missbilligung, ja, ihres Entsetzens, hätte er niemals den Mut aufgebracht, seine verrückte Idee in die Tat umzusetzen. Aber zufällig war es dann Maude selber, die die Entscheidung herbeiführte. Er hatte sie ins Kino eingeladen – auf die besten Plätze. Darauf hatte sie ihm freundlich aber bestimmt die verwerfliche Torheit seines Benehmens vor Augen geführt – drei Shilling und sechs Pence gegenüber zwei Shilling und vier Pence, wo man von den hinteren Plätzen doch genauso gut sehen konnte!

Edward nahm die Vorwürfe mit verbissenem Schweigen entgegen. Maude hatte das befriedigende Gefühl, dass ihre Worte Eindruck auf ihn machten. Man durfte nicht zulassen, dass Edward seinen extravaganten Lebensstil beibehielt. Maude liebte Edward, aber sie wusste, er war schwach, und so oblag es ihr, ihm stets zur Seite zu stehen und ihn auf den rechten Weg zu geleiten. Sie beobachtete sein demütiges Verhalten mit innerer Genugtuung.

Edward benahm sich in der Tat wie ein getretener Wurm. Er krümmte sich. Zwar hatten ihn ihre Vorwürfe tief getroffen, doch genau in diesem Augenblick fasste er den Entschluss, den Wagen zu kaufen.

«Verdammt», sagte er zu sich selbst. «Einmal in meinem Leben werde ich tun, was mir passt. Da kann sich Maude auf den Kopf stellen!»

Und so geschah es, dass er am folgenden Morgen jenen gläsernen Palast mit seinen chromblitzenden, lackglänzenden Herrlichkeiten betrat und mit einer Nonchalance, die ihn selbst erstaunte, sein Traumauto kaufte. Es war wirklich das Einfachste auf der Welt, sich ein Auto zu kaufen!

Das war vor vier Tagen gewesen. Seither ging er, obzwar er sich nach außen hin nichts anmerken ließ, innerlich wie auf Wolken. Und Maude hatte er noch keine Silbe davon gesagt. Täglich benutzte er seine Mittagspause, um Unterricht im

Gebrauch des Prachtvehikels zu nehmen, und er erwies sich dabei als überaus gelehriger Schüler.

Morgen, am Heiligabend, würde er seine erste Ausfahrt aufs Land machen. Er hatte Maude belogen, und er würde sie, wenn es sein musste, wieder belügen. Er stand mit Leib und Seele im Bann seines neuen Besitztums. Es verkörperte für ihn Romantik und Abenteuer, all die Dinge, nach denen er sich immer vergeblich gesehnt hatte. Morgen würden sich er und seine neue Geliebte zusammen auf den Weg machen. Sie würden durch die kalte Winterluft brausen und das nervenaufreibende Getümmel von London weit hinter sich lassend, in die menschenleere Weite entschwinden …

In diesem Augenblick war Edward, ohne es selbst zu wissen, fast ein Poet.

Morgen …

Er blickte auf das Buch in seiner Hand – *Sieg der Liebe.* Lachend steckte er es in die Tasche. Der Wagen, die roten Lippen der Marchesa Bianca und die erstaunlichen Heldentaten von Bill, all dies schien irgendwie miteinander verwoben. Morgen …

Das Wetter, das für gewöhnlich optimistische Erwartungen zu enttäuschen pflegte, war Edward wohl gesonnen. Es lieferte ihm einen Tag, wie er ihn sich erträumt hatte, einen Tag mit glitzerndem Raureif, blassblauem Himmel und einer primelgelben Sonne.

So fuhr Edward denn, die Brust von Abenteuerlust und Wagemut geschwellt, zur Stadt hinaus. Es gab kleinere Schwierigkeiten am Hyde Park Corner und eine betrübliche Panne bei Putney Bridge, es krachte öfters mal im Getriebe, die Bremsen quietschten häufig, und zahlreiche andere Autofahrer überschütteten Edward mit Verwünschungen, doch für einen Anfänger machte er seine Sache nicht schlecht. Schließlich erreichte er eine jener geraden, breiten Straßen, die das Herz jeden Autofahrers höher schlagen lassen. An diesem Tag herrschte wenig Verkehr. Edward fuhr dahin, immer weiter und weiter; trunken von seiner Herrschaft über dieses Gefährt mit den schimmernden Flanken raste er durch die kalte, weiße Welt wie in einem göttlichen Rausch.

Es war ein phantastischer Tag. Er machte einmal Rast, um in einem altmodischen Gasthof zu Mittag zu essen, und legte danach nur noch einmal eine kurze Teepause ein. Endlich trat er widerwillig die Heimfahrt an – zurück nach London, zurück zu Maude, zu den unvermeidlichen Erklärungen, den Vorwürfen …

Er schob den Gedanken seufzend von sich. Das hatte Zeit bis morgen. Heute war heute. Und was konnte faszinierender sein als diese schnelle Fahrt durch die Nacht, während die Scheinwerfer sich voraus ins Dunkle bohrten. Das war überhaupt das Beste von allem!

Nach seiner Rechnung blieb ihm keine Zeit mehr, um irgendwo zum Abendessen einzukehren. Dieses Fahren bei Dunkelheit war eine knifflige Sache. Er würde länger zurück nach London brauchen, als er gedacht hatte. Es war gerade acht Uhr, als er durch Hindhead kam und zum Rand der Devil's Punch Bowl gelangte. Der Mond schien, und der Schnee von vorgestern war noch nicht geschmolzen.

Er hielt an und blickte sich staunend um. Was machte es, wenn er nicht vor Mitternacht nach London zurückkam? Was machte es, wenn er überhaupt nicht zurückkam? Von dem hier würde er sich nicht so schnell losreißen.

Er stieg aus dem Wagen und trat an den Rand des Abhangs. In verführerischer Nähe sah er einen gewundenen Pfad, der ins Tal führte. Edward gab der Versuchung nach und wanderte die nächste halbe Stunde wie berauscht durch eine verschneite Wunderwelt. Niemals hatte er sich vorgestellt, dass es dergleichen geben könnte. Und all dieses gehörte ihm, ihm allein, ein Geschenk seiner strahlenden Geliebten, die oben auf der Straße getreulich seiner harrte.

Endlich kletterte er wieder bergauf, stieg in sein Auto und fuhr weiter, noch immer ein wenig benommen von der Entdeckung einer Schönheit, die er eben erlebt hatte und die selbst dem prosaischsten Menschen zuweilen widerfährt.

Mit einem Seufzer kam er dann wieder zu sich und streckte die Hand in das Seitenfach des Wagens, in das er irgendwann im Lauf des Tages einen Wollschal gestopft hatte.

Aber der Schal war nicht mehr da. Das Fach war leer. Nein, doch nicht – es steckte etwas Kratziges, Hartes darin, wie ein Haufen Kieselsteine.

Edward griff mit der Hand tiefer hinein. Einen Augenblick später starrte er entgeistert auf das Ding, das zwischen seinen Fingern baumelte und im Mondlicht in hundert Feuern funkelte. Es war ein Brillanthalsband.

Edward starrte es minutenlang an, aber es war kein Zweifel möglich. Ein Brillanthalsband im Wert von wahrscheinlich Tausenden von Pfund hatte da einfach so im Seitenfach seines Autos gelegen!

Aber wer hatte es dort hineingetan? Als er aus der Stadt wegfuhr, war es mit Sicherheit noch nicht da gewesen. Während er im Schnee spazieren ging, musste jemand vorbeigekommen sein und das Ding absichtlich ins Auto gelegt haben. Aber warum? Hatte der Besitzer des Halsbands sich geirrt? Oder – war es möglicherweise gestohlen?

Noch während ihm alle diese Gedanken durch den Kopf schossen, zuckte Edward plötzlich zusammen, und es überlief ihn eiskalt. *Dies war gar nicht sein Wagen.*

Er war sehr ähnlich, gewiss. Er war vom gleichen leuchtenden Rot – rot wie die Lippen der Marchesa Bianca –, er besaß die gleiche lange, glänzende Kühlerhaube, aber an tausend Kleinigkeiten erkannte Edward, dass es sich nicht um sein eigenes Auto handelte. Die glänzende Lackierung wies hier und dort kleine Kratzer auf, der ganze Wagen zeigte unverkennbar Spuren eines längeren Gebrauchs. In dem Fall ...

Ohne länger zu zögern, setzte Edward zum Wenden an. Dieses war jedoch nicht seine starke Seite. Sobald er den Rückwärtsgang einlegte, verlor er unweigerlich den Kopf und drehte das Lenkrad in die falsche Richtung. Außerdem verirrte sich sein Fuß häufig zwischen Gaspedal und Bremse, was fatale Folgen zeigte. Schließlich jedoch gelang ihm das Manöver, und der Wagen brummte gehorsam wieder den Berg hinauf.

Edward entsann sich, vorhin in einiger Entfernung einen anderen Wagen bemerkt zu haben, dem er zu der Zeit jedoch keine sonderliche Beachtung geschenkt hatte. Auf dem Rückweg von seinem Spaziergang war er aus dem Tal über einen anderen Pfad als zuvor heraufgeklettert und oben, wie er gemeint hatte, direkt hinter seinem Auto angekommen. Tatsächlich musste es aber das fremde Auto gewesen sein.

Etwa zehn Minuten später befand er sich wieder an der Stelle, wo er vorhin geparkt hatte. Aber jetzt stand überhaupt kein Auto mehr am Straßenrand. Der Eigentümer dieses Wagens musste in dem von Edward davongefahren sein – vielleicht auch er irregeführt durch die Ähnlichkeit. Edward holte das Brillanthalsband aus der Tasche und ließ es ratlos durch die Finger gleiten.

Was sollte er jetzt tun? Zum nächsten Polizeirevier laufen? Die Begleitumstände erklären, das Halsband abliefern und die Nummer seines eigenen Wagens angeben.

Übrigens, wie lautete eigentlich seine Wagennummer? Edward zerbrach sich den Kopf, doch sie wollte ihm auf den Tod nicht einfallen. Ihm wurde unbehaglich zumute. Er würde sich bei der Polizei reichlich lächerlich machen. Es war eine Acht in der Nummer, das war alles, woran er sich erinnern konnte. Natürlich kam es im Grunde nicht darauf an – zumindest... Er warf einen beklommenen Blick auf die Brillanten. Womöglich würden die glauben – ach nein, das war ja ausgeschlossen... oder etwa doch nicht... dass er den Wagen und die Brillanten gestohlen hatte. Denn schließlich, wenn man sich's genau überlegte, würde wohl irgendein Mensch bei rechtem Verstand ein wertvolles Brillanthalsband nachlässig in das offene Seitenfach eines Autos stopfen?

Edward stieg aus und ging um den Wagen herum. Die Nummer war XRJ 0061. Abgesehen von der Tatsache, dass es sich dabei mit Sicherheit nicht um seine eigene Autonummer handelte, sagte ihm das gar nichts. Er ging nun daran, systematisch sämtliche Ablagefächer des Wagens zu untersuchen. Dort, wo er die Brillanten gefunden hatte, machte er eine weitere Entdeckung – einen kleinen Papierzettel, auf den in Bleistift ein paar Worte gekritzelt waren. Im Licht der Scheinwerfer konnte Edward sie leicht entziffern.

«Treffpunkt: Graene, Ecke Salter's Lane, zehn Uhr.»

Der Name Graene kam ihm bekannt vor. Er hatte ihn unterwegs auf einem Ortsschild gelesen. Eine Minute später stand sein Entschluss fest. Er würde zu dieser Ortschaft Graene fahren, die Salter's Lane suchen, dort auf die Person, die den Zettel geschrieben hatte, warten und die Situation erklären. Das wäre weitaus besser, als sich auf dem nächsten Polizeirevier unsterblich zu blamieren.

Fast vergnügt fuhr er los. Schließlich war dies ein Abenteuer, etwas, das nicht alle Tage passierte. Das Brillanthalsband machte das Ganze spannend und geheimnisvoll. Er hatte einige Schwierigkeiten, bis er Graene und dort die Salter's Lane fand, aber nachdem er in zwei Häusern nach dem Weg gefragt hatte, gelang es ihm schließlich.

Dennoch war es ein paar Minuten nach der angegebenen Zeit, als er vorsichtig eine enge Straße entlangfuhr und scharf nach links Ausschau hielt, wo, wie man ihm beschrieben hatte, die Salter's Lane abzweigen sollte.

Nach einer Straßenbiegung stieß er tatsächlich auf die Abzweigung, und schon als er stoppte, eilte eine Gestalt aus der Dunkelheit auf ihn zu.

«Endlich!», rief eine Frauenstimme. «Das hat ja eine Ewigkeit gedauert, Gerald!»

Während die Frau sprach, trat sie mitten in das grelle Scheinwerferlicht, und Edward stockte der Atem. Sie war das schönste Geschöpf, das er je gesehen hatte.

Sie war noch ganz jung, mit nachtschwarzem Haar und wundervollen roten Lippen. Der schwere Pelzmantel, der sie umhüllte, klaffte vorne auseinander, und Edward sah, dass sie in großer Abendtoilette war – das eng anliegende, feuerrote Kleid betonte ihre makellose Figur. Um ihren Hals schloss sich eine Kette ausgesucht schöner Perlen.

Plötzlich fuhr die junge Frau erschrocken zusammen.

«Oh!», rief sie aus. «Sie sind ja gar nicht Gerald.»

«Nein», sagte Edward hastig. «Ich möchte die Sache erklären.» Er zog das Brillanthalsband aus der Tasche und hielt es ihr entgegen. «Mein Name ist Edward ...»

Weiter kam er nicht, denn das Mädchen klatschte in die Hände und fiel ihm ins Wort.

«Edward, ach, natürlich! Ich freue mich ja so. Aber Jimmy, dieser Idiot, hat mir am Telefon gesagt, er würde Gerald mit dem Wagen herüberschicken. Ich finde es wirklich fabelhaft anständig von dir, dass du gekommen bist. Vergiss nicht, ich habe dich zum letztenmal gesehen, als ich sechs Jahre alt war. Aha, da hast du ja das Halsband. Steck's wieder ein. Der Dorfpolizist könnte vorbeikommen und es sehen. Brr, es ist eiskalt hier draußen! Lass mich rein.»

Wie im Traum öffnete Edward die Tür, und sie kletterte leichtfüßig zu ihm in den Wagen. Ihr Pelz streifte seine Wange, und ein flüchtiger Duft wie von regenfeuchten Veilchen stieg ihm in die Nase.

Er hatte keinen Plan, nicht einmal einen festen Gedanken. Ohne eine bewusste Entscheidung hatte er sich von der ersten Minute an mit Leib und Seele dem Abenteuer verschrieben. Die junge Frau hatte ihn Edward genannt – was tat es, dass er der falsche Edward war? Sie würde es schnell genug herausfinden. Er nahm den Fuß von der Kupplung, und sie fuhren los.

Nach kurzer Zeit fing die junge Frau an zu lachen. Ihr Lachen war genauso wunderbar wie alles Übrige an ihr.

«Man merkt, dass du nicht viel von Autos verstehst. Es gibt wohl keine da draußen?»

Was mochte mit «da draußen» gemeint sein, fragte sich Edward. Laut sagte er: «Nicht viele.»

«Lass lieber mich fahren», schlug sie vor. «Es ist ziemlich kompliziert, sich in diesen engen Gassen zurechtzufinden, bis man wieder auf die Hauptstraße kommt.»

Er überließ ihr nur allzu gerne seinen Platz. Bald brausten sie mit einer halsbrecherischen Geschwindigkeit, die Edward insgeheim schaudern machte, durch die Nacht. Sie sah ihn von der Seite an.

«Ich fahre gern schnell. Du auch? Weißt du, du siehst Gerald kein bisschen ähnlich. Kein Mensch würde euch für Brüder halten. Du bist überhaupt ganz anders, als ich dich mir vorgestellt habe.»

«Zu gewöhnlich wohl, stimmt's?»

«Nicht gewöhnlich – anders. Ich werde nicht recht klug aus dir. Was macht unser armer Jimmy? Hat das Ganze wahrscheinlich tüchtig satt, wie?»

«Ach, Jimmy geht's ganz gut», entgegnete Edward aufs Geratewohl.

«Das sagt sich so leicht – dabei ist so eine Knöchelzerrung

schon ein gemeines Pech. Hat er dir die ganze Geschichte erzählt?»

«Kein Wort. Ich tappe völlig im Dunkeln. Wie ist es denn passiert?»

«Oh, das Ganze hat fabelhaft geklappt. Jimmy, schön herausstaffiert in seinen Frauenklamotten, ging zur Haustür hinein, und zwei Minuten später kletterte ich dann die Wand hinauf zum Fenster. Drinnen war die Zofe von Agnes Larella gerade dabei, ihr Kleid und ihren Schmuck herauszulegen. Dann gab's unten plötzlich großes Geschrei, der Knallfrosch ging los, und alle schrien Feuer. Das Mädchen raste hinaus, ich sprang hinein, packte das Halsband und war im Nu wieder unten. Dann rannte ich durch die Gartenpforte auf der Rückseite, nahm die Abkürzung durch die *Punch Bowl* und stopfte im Vorbeilaufen schnell das Halsband und die Nachricht mit unserem Treffpunkt ins Autofach. Und dann ging ich wieder ins Hotel zu Louise – nachdem ich erst die Pelzstiefel ausgezogen hatte natürlich. Sie hatte überhaupt nicht gemerkt, dass ich fort gewesen war. Ein perfektes Alibi.»

«Und was passierte mit Jimmy?»

«Na, davon weißt du bestimmt mehr als ich.»

«Er hat mir kein Wort gesagt», erklärte Edward leichthin.

«Ach, in dem ganzen Durcheinander hat er sich doch tatsächlich mit dem Fuß in seinem Rock verheddert und sich den Knöchel verrenkt. Man hat ihn zu seinem Wagen tragen müssen, und der Chauffeur von den Larellas fuhr ihn heim. Stell dir bloß vor, der Chauffeur hätte zufällig mit der Hand in das Seitenfach gefasst!»

Edward stimmte in ihr Gelächter ein, doch seine Gedanken arbeiteten emsig. Er verstand die Geschichte jetzt so ungefähr. Den Namen Larella hatte er schon gehört – es war ein Name, der gleich bedeutend mit Reichtum war. Das Mädchen hier und ein unbekannter Mann namens Jimmy hatten gemeinsam einen Plan ausgeheckt, um das Halsband zu stehlen, und es war ihnen geglückt. Wegen seines verstauchten Knöchels und der Anwesenheit des Chauffeurs der Larellas war Jimmy nicht in der Lage gewesen, in das Seitenfach des Wagens zu schauen, ehe er das Mädchen anrief – wahrscheinlich hatte er auch gar nicht die Absicht gehabt, es zu tun. Aber es war nahezu sicher, dass der andere Unbekannte namens Gerald dies bei nächster Gelegenheit nachholen würde. Und er würde darin Edwards Schal finden!

«Schnell gegangen», bemerkte das Mädchen.

Eine hellerleuchtete Trambahn ratterte vorbei – sie befanden sich bereits in den Außenbezirken von London. Der Wagen schlängelte sich durch den Verkehr, dass Edward das Herz bis in den Hals hinauf schlug. Sie fuhr ausgezeichnet, diese junge Frau, aber wie riskant!

Eine Viertelstunde später hielten sie vor einem imposanten Haus an einem vornehmen kleinen Platz an.

«Wir können ein paar von unseren Klamotten hier lassen», sagte das Mädchen, «ehe wir weiterfahren zu ‹Ritson's›.»

«‹Ritson's›?» Edward wiederholte fast ehrfürchtig den Namen des berühmten Nachtklubs.

«Ja, hat Gerald dir das nicht gesagt?»

«Das hat er nicht», erwiderte Edward streng. «Was soll ich anziehen?»

Sie runzelte die Stirn. «Hat man dir denn gar nichts gesagt? Wir werden dich irgendwie ausstaffieren. Wir müssen die Sache durchziehen.»

Ein würdevoller Butler öffnete ihnen die Tür und trat beiseite, um sie hereinzulassen.

«Mr Gerald Champneys hat angerufen, Mylady. Er wollte Sie dringend sprechen, hat aber keine Nachricht hinterlassen wollen.»

Kein Wunder, dass er sie dringend sprechen wollte, dachte Edward. Auf jeden Fall kenne ich jetzt meinen vollen Namen. Edward Champneys. Aber wer ist sie? Der Butler hat sie mit Mylady angeredet. Wozu braucht sie dann ein Halsband zu klauen. Bridgeschulden?

In den Romanheften, die er gelegentlich las, wurde die schöne, adelige Heldin stets von Bridgeschulden zur Verzweiflung getrieben.

Edward wurde von dem würdigen Butler fortgeführt und einem geschniegelten Kammerdiener übergeben. Eine Viertelstunde später gesellte er sich wieder zu seiner Gastgeberin, angetan mit einem wundervoll sitzenden Abendanzug, der einem bekannten Schneideratelier in der Savile Row entstammte.

Herrgott, was für eine Nacht!

Sie fuhren mit dem Auto zum berühmten «Ritson's». Wie alle, hatte auch Edward schon unzählige skandalträchtige Zeitungsgeschichten über das «Ritson's» gelesen. Jeder, der nur einen Namen hatte, kreuzte früher oder später im «Ritson's» auf. Edwards einzige Sorge war, dass jemand, der den echten Edward Champneys kannte, auftauchen würde. Er tröstete sich mit der Überlegung, dass der echte Edward offensichtlich seit einigen Jahren außerhalb von England gelebt hatte.

Sie saßen an einem kleinen Tisch an der Wand und tranken Cocktails. Cocktails! Für Edwards schlichtes Gemüt war dies die Quintessenz mondänen Lebens. Die junge Frau, die einen wundervollen bestickten Schal um sich geschlungen hatte, nippte lässig an ihrem Glas. Plötzlich ließ sie den Schal von ihren Schultern gleiten und stand auf.

«Wir wollen tanzen.»

Nun war Tanzen das Einzige, was Edward wirklich zur Vollkommenheit beherrschte. Wenn er und Maude auf der

Tanzfläche im Palais de Danse erschienen, blieben die übrigen Paare stehen und schauten ihnen bewundernd zu.

«Beinahe hätte ich's vergessen», sagte die junge Frau plötzlich. «Das Halsband.»

Sie streckte die Hand aus. Völlig verdattert zog Edward das Schmuckstück aus der Tasche und gab es ihr. Zu seinem fassungslosen Erstaunen legte sie es sich ungerührt um den Hals. Dann lächelte sie ihm berückend zu.

«Jetzt wollen wir tanzen», sagte sie leise.

Sie tanzten. Und im Ganzen «Ritson's» gab es kein vollkommeneres Paar.

Als sie schließlich an ihren Tisch zurückkehrten, trat ein dandyhafter alter Herr auf Edwards Begleiterin zu.

«Ah, Lady Noreen – die unermüdliche Tänzerin! Ja, ja. Ist Captain Folliot heute Abend hier?»

«Jimmy ist gestürzt – hat sich den Knöchel verstaucht.»

«Was Sie nicht sagen! Wie ist das passiert?»

«Weiß noch nichts Genaueres.»

Sie lachte und ging weiter.

Edward folgte ihr. In seinem Kopf drehte sich alles. Jetzt wusste er Bescheid. Lady Noreen Eliot, die berühmte Lady Noreen persönlich, wahrscheinlich die Frau in England, von der man am meisten sprach. Eine gefeierte Schönheit, berühmt für ihren Wagemut – Anführerin der Clique, die man die «Jungen Mondänen» nannte. Ihre Verlobung mit Captain James Folliot, V. C., von der Household Cavalry, war erst kürzlich bekannt gegeben worden.

Aber das Halsband? Das mit dem Halsband verstand er noch immer nicht. Selbst auf die Gefahr hin, sich zu verraten, das musste er unbedingt herausfinden.

Als sie sich wieder an ihrem Tisch niederließen, deutete er darauf.

«Warum, Noreen?», fragte er. «Das würde ich gern wissen.»

Sie lächelte träumerisch, noch immer unter dem Zauber ihres Tanzes stehend.

«Wahrscheinlich ist das für dich schwer zu verstehen, aber man wird es so leid – immer das Gleiche, immer und ewig das Gleiche. Treasure Hunts waren ja ganz nett für eine Weile, aber man gewöhnt sich an alles. Das ‹Einbruch-Spiel› war meine Idee. Fünfzig Pfund Einsatz, und es wird gelost. Das ist unser dritter. Jimmy und ich haben Agnes Larella gezogen. Du kennst die Spielregeln? Der Einbruch ist innerhalb von drei Tagen auszuführen und die Beute mindestens eine Stunde lang in der Öffentlichkeit zu tragen, andernfalls muss man hundert Pfund Strafe zahlen. Pech für Jimmy, dass er sich den Knöchel verstaucht hat, aber wir holen uns den Gewinn, das steht fest.»

«Ach so.» Edward holte tief Luft. «Ich verstehe.»

Noreen erhob sich plötzlich und legte ihren Schal um.

«Fahr mich mit dem Auto irgendwohin. Hinunter zu den Docks. Irgendwohin, wo es scheußlich aufregend ist. Warte einen Moment …» Sie nahm die Brillanten vom Hals. «Hier, steck du das lieber wieder ein. Ich möchte nicht deswegen ermordet werden.»

Gemeinsam verließen sie das «Ritson's». Der Wagen stand in einer engen dunklen Seitengasse. Als sie auf dem Weg dorthin um die Ecke bogen, hielt neben ihnen ein anderes Auto, und ein junger Mann sprang heraus.

«Gott sei Dank, Noreen, dass ich dich endlich finde», rief der junge Mann. «Alles ist schief gelaufen. Dieser Esel Jimmy ist mit dem falschen Wagen davongefahren, und kein Mensch weiß, wo diese verflixten Brillanten jetzt stecken. Wir sitzen ganz schön in der Tinte.»

Lady Noreen starrte den jungen Mann an.

«Wie meinst du das? Wir haben die Brillanten – das heißt, Edward hat sie.»

«Edward?»

«Ja.» Sie deutete mit einer knappen Bewegung auf ihren Begleiter.

Jetzt bin ich derjenige, der in der Tinte sitzt, dachte Edward. Ich wette zehn zu eins, das hier ist Bruder Gerald.

Der junge Mann starrte ihn an.

«Was soll das heißen?», sagte er langsam. «Edward ist in Schottland.»

«Oh!», stieß Noreen hervor. Sie blickte Edward mit weit aufgerissenen Augen an. «Oh!»

Ihr Gesicht wurde abwechselnd rot und blass.

«Dann sind Sie also echt?», flüsterte sie.

Edward brauchte nur einen Augenblick, um die Situation zu erfassen. Im Blick der jungen Frau lag Ehrfurcht – ja, etwas wie Bewunderung. Sollte er alles erklären? Nein, das wäre langweilig! Er würde das Spiel zu Ende spielen.

Er verneigte sich förmlich. «Ich danke Ihnen, Lady Noreen», sagte er in schönster Raubrittermanier, «für diesen bezaubernden Abend.»

Dabei warf er einen schnellen Blick auf den Wagen, aus dem der andere soeben ausgestiegen war. Ein knallroter Wagen mit glänzender Motorhaube. Sein Wagen!

«Und damit möchte ich mich von Ihnen verabschieden!»

Ein rascher Satz, und er saß im Auto, den Fuß auf der Kupplung. Der Wagen setzte sich in Bewegung. Gerald stand wie gelähmt da, doch Noreen war schneller. Als der Wagen an ihr vorbeiglitt, schwang sie sich blitzschnell auf das Trittbrett.

Der Wagen geriet ins Schleudern, schoss blindlings um die Ecke und stoppte. Außer Atem von der Anstrengung ihres Sprungs legte Noreen die Hand auf Edwards Arm.

«Sie müssen es mir wiedergeben – oh, bitte, geben Sie es mir. Ich muss es Agnes Larella zurückgeben. Seien Sie nett –

wir hatten doch einen schönen Abend zusammen – wir haben getanzt – wir waren … Freunde. Sie geben es mir doch, ja? Bitte … für mich.»

Eine Frau, deren Schönheit einen berauschte. Es gab also wirklich solche Frauen …

Im Übrigen war Edward selbst brennend daran interessiert, das Halsband loszuwerden. Eine gottgesandte Gelegenheit für eine elegante Geste.

Er nahm das Halsband aus der Tasche und ließ es in Noreens ausgestreckte Hand gleiten.

«Wir waren … Freunde», sagte er.

Ihre Augen leuchteten auf. Dann neigte sie sich unerwartet über ihn. Für einen Augenblick hielt er sie in den Armen, spürte ihre Lippen auf den seinen …

Dann sprang sie ab. Der rote Wagen tat einen Satz nach vorn und raste davon.

Romantik!

Abenteuer!

Am ersten Weihnachtstag um zwölf Uhr mittags betrat Edward Robinson das kleine Wohnzimmer eines Hauses in Clapham mit dem herkömmlichen Gruß: «Fröhliche Weihnachten.»

Maude, die damit beschäftigt war, einen Stechpalmenzweig neu aufzuhängen, empfing ihn kühl.

«Hast du einen angenehmen Tag auf dem Land verlebt, mit diesem Freund von dir?», erkundigte sie sich.

«Hör zu», sagte Edward. «Das war alles gelogen. Ich habe ein Preisausschreiben gewonnen – fünfhundert Pfund, und mir ein Auto davon gekauft. Ich hab dir nichts davon gesagt, weil ich wusste, dass du ein Mordstheater machen würdest. Das ist Punkt eins. Ich habe ein Auto gekauft, und damit ist jede weitere Diskussion überflüssig. Und der zweite Punkt wäre – ich gedenke nicht noch jahrelang zu warten. Meine beruflichen Aussichten sind durchaus zufrieden stellend, und ich beabsichtige, dich nächsten Monat zu heiraten. Hast du verstanden?»

«Oh», hauchte Maude.

War das – konnte das Edward sein, der in diesem herrischen Ton zu ihr sprach?

«Willst du?», fragte Edward. «Ja oder nein?»

Sie starrte ihn fasziniert an. In ihren Augen standen Ehrfurcht und Bewunderung, und als Edward diesen Blick sah, fühlte er sich wie berauscht. Verschwunden war jene mütterliche Nachsicht, die ihn immer so in Rage gebracht hatte.

Genauso hatte ihn Lady Noreen gestern Abend angeblickt. Aber Lady Noreens Gestalt war in weite Ferne gerückt, entschwunden ins Reich der Romantik, wo sie Seite an Seite mit der Marchesa Bianca weilte. Dies hier war die Wirklichkeit. Dies hier war sein Weib.

«Ja oder nein?», wiederholte er und trat einen Schritt näher.

«J-ja», stotterte Maude. «Aber, Edward, was ist bloß mit dir geschehen? Du bist heute so ganz anders.»

«Ja», sagte Edward. «Vierundzwanzig Stunden lang war ich ein Mann an Stelle eines Wurmes – und, bei Gott, das hat sich gelohnt!»

Er schloss sie in die Arme, beinahe so, wie Bill, der Supermann, es getan haben könnte.

«Liebst du mich, Maude? Sag mir, liebst du mich?»

«Oh, Edward!», hauchte Maude. «Ich bete dich an…»

Agatha Christie

Meisterhafte Morde

Kurz-Krimis der Queen of Crime

Band 16801

Dreizehn brillante Erzählungen von der Spitzenautorin des Spannungsfachs!

Darunter »Zeugin der Anklage«, von Billy Wilder mit Marlene Dietrich unvergesslich verfilmt und »Die Mausefalle«, die als Theaterstück in London über vierzig Jahre Abend für Abend zuschnappte. Ob beim spektakulären Mordprozess oder in der beschaulichen Welt einer kleinen Pension, stets lauert das Heimtückische und Ungewisse hinter dem Offensichtlichen und Harmlosen.

Meisterhafte Morde und rätselhafte Fälle aus der Feder der Queen of Crime!

Fischer Taschenbuch Verlag

fi 16801 / 1